TAXI

NARRATORI MODERNI

Di Andrea Vitali in edizione Garzanti:
Una finestra vistalago
La signorina Tecla Manzi
Un amore di zitella
La figlia del podestà
Il procuratore
Olive comprese
Il segreto di Ortelia
La modista
Dopo lunga e penosa malattia
Almeno il cappello
Pianoforte vendesi
La mamma del sole
Il meccanico Landru
La leggenda del morto contento
Zia Antonia sapeva di menta
Galeotto fu il collier
Regalo di nozze
Un bel sogno d'amore
Di Ilde ce n'è una sola
Quattro sberle benedette
Biglietto, signorina
La ruga del cretino (con Massimo Picozzi)
Le belle Cece
Furto di luna (solo ebook)
Parola di cadavere (solo ebook)
Il rumore del Natale (solo ebook)
Seguendo la stella (solo ebook)
Addio bocce (solo ebook)

ANDREA VITALI

LA VERITÀ DELLA SUORA STORTA

Garzanti

Prima edizione: ottobre 2015

Per essere informato sulle novità del Gruppo editoriale Mauri Spagnol visita:
www.illibraio.it

Pubblicato in accordo con Factotum Agency, Milano

ISBN 978-88-11-68766-5

Printed in Italy

www.garzantilibri.it

LA VERITÀ DELLA SUORA STORTA

I personaggi e le situazioni raccontati in questo romanzo sono frutto di fantasia. I luoghi, invece, sono reali.

1.

Stravaccato com'era sul sedile posteriore della sua Fiat Millenove, di Sisto Santo si vedevano solo i piedi che sporgevano dal finestrino posteriore, il destro.

Erano più o meno le due del pomeriggio di domenica, 26 aprile 1970.

Il Sisto aveva appena pranzato all'osteria del Ponte, polenta e capretto in umido, e si stava concedendo un riposino in attesa che cominciasse *Tutto il calcio minuto per minuto.*

Nel frattempo digeriva, tanto ormai il campionato era bello e finito, scudetto al Cagliari. L'unica roba che gli interessava era che il Milan battesse il Lanerossi, giusto per vendicare la sconfitta dell'andata. Ma anche quello, con tutta la polenta e il capretto che aveva sullo stomaco, non era poi così importante.

Dalla radiolina, ficcata in mezzo alle gambe, canzonette.

Il Sisto abbassò il volume.

Si abbassarono anche le sue palpebre, il sonno stava arrivando, inspirò a fondo e percepì distinti, come se si fossero divisi le narici in cui entrare, un profumo di tiglio e uno di asfalto.

Due odori che annunciavano l'arrivo dell'estate, del bel tempo, come i manifesti che erano stati affissi nelle sale di attesa di prima e di seconda e che reclamizzavano le vacanze al mare sulla costa adriatica e su quella ligure.

In sottofondo udì l'annuncio del capostazione.

Due e un quarto, il locale da Sondrio per Lecco e Milano. Valeva neanche la pena di fare una piega. Chiuse gli occhi del tutto al rumore della frenata.

Se non fosse stato così pieno di polenta e capretto magari sarebbe stato su, seduto su una panchina, quelle di sasso all'ombra degli oleandri e dei ginepri, a guardare i treni passare.

Come adesso soprattutto, quando cominciava a fare caldo, gli piaceva lasciarsi andare alla fantasia di essere anche lui un viaggiatore in attesa del treno, magari in partenza per il mare. Che, per inciso, non aveva mai visto e, considerata la rella che c'era in giro, non sarebbe mai riuscito a vedere.

«Amen», disse.

Col mignolo sinistro, perché quello destro gli mancava dalla nascita, si grattò in un orecchio e si ripulì le narici. Poi fece una pallina, la lanciò, ruttò e la testa gli cadde di lato.

2.

Il capostazione Meraviglia, quando era di turno, faceva sempre scommesse con suo figlio sul treno locale delle tre e un quarto da Milano. Se a Bellano fossero scesi più di tre viaggiatori gli avrebbe comprato un gelato. Generalmente vinceva lui. Il gelato, in ogni caso, glielo acquistava lo stesso.

Quando notò la donna affacciarsi alla porta della carrozza fu tentato di correre ad aiutarla. Scommise tra sé che altrimenti sarebbe caduta. Si trattenne quando vide un passeggero darle aiuto.

Col figlioletto accanto che lo imitava, perché da grande voleva fare anche lui il capostazione, diede il segnale di partenza. La donna fece due passi sul marciapiede poi si fermò e si portò le mani al viso.

Il treno ormai era sparito, la donna non si muoveva. Il Meraviglia allora attraversò il binario e le si avvicinò.

«Ha bisogno di qualcosa?» chiese, temendo che avesse sbagliato stazione.

La donna aveva ancora le mani sul viso, deglutiva.

«Ho dimenticato la borsa sul treno», rispose.

«Accidenti», esclamò il capostazione.

Il figlioletto lo raggiunse.

«Cos'è successo?» chiese.

Il padre non gli diede retta.

«Non si preoccupi», disse rivolto alla donna.

Con una telefonata al collega di Dervio o di Colico l'avrebbero recuperata. Entro sera, con uno dei treni che andavano a Lecco o Milano, la borsa sarebbe ritornata.

La donna lo guardò come non avesse capito.

«Davvero, non deve preoccuparsene», ripeté il Meraviglia.

Poi, con gesto antico, le offrì il braccio per aiutarla ad attraversare i binari.

Una volta sotto la pensilina il capostazione le disse per la terza volta di non preoccuparsi.

«Sono di turno fino alle dieci stasera.»

«Grazie», disse la donna.

«E se ha bisogno di qualcosa me lo dica», aggiunse il Meraviglia.

La donna comprese l'intenzione del capostazione. Lo ringraziò nuovamente. Disse che il portamonete l'aveva nella tasca del cappotto.

«Sa, per sicurezza.»

Quindi si avviò per uscire dalla stazione mentre il Meraviglia contò nelle mani del figlio gli spiccioli per pagare il gelato.

3.

Il Sisto si svegliò giusto mentre le squadre stavano scendendo in campo. Qualcuno aveva bussato alla suola della sua scarpa destra.

«Mi scusi.»

Il Sisto aprì gli occhi.

Inquadrò il viso di una donna anziana nel triangolo di luce che stava tra i suoi piedi messi in croce.

«Sì?» chiese.

«Non c'è un tassì da queste parti?»

Il Sisto tirò giù i piedi e su la testa.

E lui cos'era?

Cos'era lì a fare?

Per cosa li aveva spesi tutti i soldi che c'erano voluti per comperare, di seconda mano ma come nuova, la Fiat Millenove e prendere finalmente la licenza di tassì?

Ma certo la donna che aveva davanti non poteva saperlo che se il tassì c'era era perché lui ci aveva investito tutti i risparmi degli ultimi dieci anni, o quasi.

Per la precisione nove anni e una settimana.

4.

A quattordici anni, quasi quindici, il Sisto aveva fatto il primo lavoro della sua vita.

Tre mesi d'estate a fare il garzone nella privativa Nescazzini.

Non era certo grazie ai soldi presi con quel lavoretto che sarebbe riuscito, anni dopo, a comperarsi il Millenove.

E per due ragioni precise.

La prima era che il Nescazzini non gli aveva dato una mazza e se aveva messo in tasca qualcosa era stato giusto grazie a qualche mancia per le consegne a domicilio, monetine tra l'altro subito spese in cicche americane. La seconda ragione era che non aveva la minima idea di cosa avrebbe fatto da grande, men che meno il tassista. A quindici anni e qualche mese, finita l'estate era finito anche lui dal Nescazzini all'alimentarista Spartaco il cui figlioletto s'era lasciato convincere a studiare anziché stare in bottega. Due mesi con la stessa paga e senza nemmeno le mance perché lo Spartaco le consegne a domicilio non le voleva fare.

«Chi vuole quel tipo di servizio vada a chiederlo da un'altra parte.»

Passati due mesi il figlioletto aveva a sua volta convinto i genitori che era meglio se stava in bottega a imparare il mestiere anziché a scuola a prendersi note. E dallo Spartaco il Sisto era passato al fornaio Panozzi, vita di merda e paga altrettanto, cara grazia che lo teneva lì e imparava un mestiere.

«Tanto il mangiare e il dormire te lo danno le suore», era il rosario che il Panozzi gli recitava.

Per il mangiare era vero, non ci sarebbe stato problema, le suore glielo avrebbero dato fino alla fine dei tempi. Il problema, alla soglia dei sedici anni, era diventato il dormire.

Fino a quell'età il Sisto non era stato tanto diverso da un pastorello del presepe, magro, ingenuo, glabro. Dopo però, quasi da una settimana all'altra, aveva cominciato a sparare in altezza, profondità di voce, crescita di peli. A quel punto era intervenuto il signor prevosto per dire che un giovanotto così non lo si poteva più tenere dentro l'orfanotrofio di San Rocco.

Non era per cattiveria, fosse stato per lui...

E nemmeno per le chiacchiere che potevano nascere, figurarsi!

Questione di regole da rispettare piuttosto, che erano alla base delle donazioni che tenevano in piedi il bilancio della casa e della necessità di non creare un precedente.

Vero era che ogni regola aveva le sue brave eccezioni e il caso del Sisto ne era la miglior dimostrazione.

Suor Dolenzia, la madre superiora, s'era detta d'accordo con il signor prevosto, don Raffaele Cantoni, meglio non tirare troppo la corda. E lo stesso sacerdote aveva sottoposto al Sisto tre opzioni di lavoro che gli avrebbero consentito di rendersi indipendente, lavoro vero, insomma, mica lavoretti: andare al cotonificio, subentrare al postino Redipuglia che stava per andare in pensione oppure entrare quale apprendista nell'officina del meccanico Calisto Scatòn.

Scegliesse lui.

E il Sisto aveva scelto dopo averci ragionato sopra in fretta e bene.

Il postino, no.

Quale ultimo arrivato gli avrebbero assegnato il giro delle frazioni. Voleva dire far fuori un paio di scarpe al mese ammazzandosi di fatica su e giù per le mulattiere e cercando di evitare i morsi dei bastardi che girellavano indisturbati per campi e vigne.

Il cotonificio neppure.

Era un posto sicuro. Talmente sicuro che era come calarsi in una tomba, non avrebbe imparato niente di più di quello che avrebbe ripetuto per anni e anni.

Meglio il meccanico, aveva deciso.

E meno male.

5.

«Meno male», rispose la donna dopo che il Sisto le ebbe detto che il tassì c'era. Era lì, era lui.

La donna lo guardò e tacque.

Il Sisto ebbe un dubbio.

Gli aveva chiesto del tassì tanto per chiedere o perché ne aveva bisogno?

Aveva lo sguardo azzurro, quello dei matti. E fisso. E poi annusava o almeno dava l'impressione di fiutare qualcosa. E le tremava un po' anche il mento.

Intanto era uscito dal Millenove, si era dato una sistemata, una mano, la sinistra per non mostrare troppo la destra, passata sul davanti a lisciare la camicia e poi sugli occhi per liberarli dal sonnellino.

«Dove la porto di bello?» chiese.

Quasi pentendosi perché, di bello, una come quella dove poteva andare?

Una che era scesa da un locale alle tre di pomeriggio del primo vero giorno di caldo. Caldo che però la donna non aveva sentito, non se n'era accorta, visto com'era conciata.

Le scarpe, da uomo, avevano un che di severo come le facce dei preti. Le calze spesse color noce moscata, una gonna nera che scappava da sotto il cappotto grigio chiuso da tre bottoni grossi che sembravano dei quarantacinque giri.

«Al cimitero», rispose la donna.

Eccola lì!

Ospedale o cimitero, non si scappava.

I primi tempi che faceva il tassista ci aveva pure scommesso col Manina e il Saila, gli unici due amici che aveva e che, a quel tempo, non avendo niente da fare stavano lì a fargli compagnia la domenica pomeriggio, tirando l'ora di andare al cinema.

Più ospedale che cimitero nella statistica, ma da quelle due possibilità non si scappava e alla fine anche il giochetto delle scommesse era morto.

Più ospedale che cimitero soprattutto a quell'ora, visto che l'orario per le visite ai degenti era dalle tre alle cinque. E non è che con quelli ci fosse da diventare milionari, perché perlopiù prendevano il tassì per andare e non perdere neanche un minuto per le visite, però tornavano a piedi per il treno delle sei, se andavano in giù, o delle sei e venti se andavano in su.

Il Manina gli diceva sempre che ci guadagnava di più se stava in casa a menarselo. Adesso però era lui che se lo menava, in galera, tre mesi, tentato furto con scasso. Non era la prima volta e al giudice alla fine erano girate le balle, aveva fatto un conto unico di tutte le cazzate precedenti e l'aveva messo dentro per un po'.

Il Sisto invece, menarselo per menarselo, gli aveva sempre risposto che preferiva farlo lì, dove, per poco che fosse, qualcosina ci guadagnava sempre.

Al cimitero quindi.

«Ma da sopra o da sotto?» chiese il Sisto.

La donna lo guardò, non capiva.

«In che senso?» chiese.

Domanda che permise al Sisto di dedurre che la donna andava al cimitero di Bellano per la prima volta.

6.

La prima volta che il Sisto era entrato nell'officina del meccanico Scatòn aveva sedici anni e un po' e la prima cosa che aveva pensato era che forse avrebbe fatto meglio a scegliere di fare il postino o l'operaio al cotone.

Era febbraio, mattina, freddo.

Era entrato, aveva chiesto permesso, nessuno gli aveva detto avanti. A rispondergli erano state bestemmie del dio e un rumore di martello.

L'officina era un capannone che stava poco prima dello sbocco della strada per la Valsassina sulla Statale 36. Era uno spazio enorme, così gli era parso d'acchito, dentro il quale l'unica Giardinetta che sembrava in attesa di cure emergeva dentro una foresta di rottami, motociclette intere e a pezzi, biciclette, carretti e carriole sopra un tappeto di rifiuti perlopiù ferrigni.

Il sapore, l'odore dell'aria era metallico.

Pure la voce del Scatòn gli era sembrata avere quel gusto.

Non l'aveva visto arrivare e ancora oggi non sapeva spiegarsi come mai.

Prima l'aveva raggiunto la voce.

«Te sei quello che mi manda il prete.»

Aveva chiesto?

Affermato?

Nell'un caso come nell'altro il Sisto non aveva osato aprire il becco anche perché il meccanico aveva subito detto che non sapeva proprio perché gli aveva detto sì al prevosto, che lui non aveva bisogno di nessun aiuto, se l'era sempre cavata da solo ma se era per fare la carità...

«Allora va bèn!»

Comunque.

«Qui dentro si lavora e si fa silenzio.»

Per mangiare, mezz'ora.

Per il dormire ci aveva pensato il signor prevosto, trovandogli un letto nella casa della vedova Scottinelli.

Il Sisto aveva ascoltato il meccanico rigido come sull'attenti e le mani dietro la schiena. Il Scatòn l'aveva notato e gli era scappato una specie di sorriso.

«Va' che non sei in caserma qui dentro», aveva detto. E tenesse pure le mani in vista, che tanto lo sapeva del suo difetto.

«E adesso sotto», gli aveva detto poi, infilandogli una scopa in mano e ordinandogli di cominciare a spazzare l'officina.

7.

Da sopra o da sotto, perché il cimitero aveva due ingressi.

«Non saprei», aveva risposto la donna.

Il Sisto aveva pensato che ci voleva un sacco di pazienza a fare quel mestiere.

«Dipende da chi deve andare a trovare», spiegò.

Se era un morto vecchio, facile che si trovasse nella parte bassa del cimitero, quindi meglio l'ingresso da sotto. Se invece era un morto recente, meglio sopra, dove il cimitero si era allargato per fare posto ai nuovi ospiti.

Insomma, quando era morto quello che voleva andare a trovare?

«Un anno», rispose la donna.

Un anno prima, o poco più.

Poteva essere sia sopra sia sotto.

Magari sapendo chi cercava...

Chiederglielo?

Era una questione di discrezione, di tatto.

Lui quale tassista aveva diritto di conoscere l'indirizzo dove doveva portare la gente ma non gli doveva interessare cosa ci andasse a fare, a trovare chi, per cosa.

Tuttavia, ancora un po' che aspettava finivano anche le partite.

Decise di tentare.

«Se mi potesse dire chi cerca, magari...»

La donna ebbe uno scatto con la testa, come volesse dire no.

Infatti: «Preferirei non dirlo», rispose.

Bon!, pensò il Sisto.

Allora sopra, decise.

Mezzo chilometro in più, mille lire secche.

«Si accomodi», disse, aprendo la portiera del Millenove sempre con la sinistra.

Poi la chiuse con più forza del necessario.

Si sentiva deluso di sé e anche un po' incazzato. In fin dei conti aveva tentato solo di farle un piacere.

Mettendosi al volante, ripensò all'espressione della donna quando gli aveva risposto, a quello scuotere di testa.

Preferirei non dirlo, ripeté mentalmente.

Con quella voce da vecchia maestra che gli ricordava tanto la vedova Scottinelli che tutte le sere fino ai diciotto anni gli aveva fatto recitare il rosario insieme con lei perché diceva che anche solo a sentire le madonne che il Scatòn tirava giù c'era da finire diritti all'inferno.

8.

Il Scatòn tirava madonne e lo pagava, la vedova lo obbligava ai rosari e intascava quei soldi.

Non tutti ma quasi.

In ogni caso erano già pochi alla fonte e al Sisto per quasi un anno erano rimasti in tasca giusto quelli per andare al cinema un paio di volte al mese.

Dopo un annetto il meccanico l'aveva chiamato finito il lavoro. Era sera e gli aveva detto tre parole di fila senza intercalare bestemmie.

«Te sei bravo.»

Lavorava, obbediva, non rompeva i coglioni.

Aveva anche una bella testa, capiva al volo. Biciclette e moto le sistemava da solo.

«È ora che cominci a capire qualcosa anche di macchine», gli aveva detto.

Era ora, se voleva diventare un bel meccanico.

Ed era anche ora, aveva detto il Scatòn, che gli aumentasse un po' la paghetta.

Perché, cristo!, ormai andava per i diciassette, una mezza morosa era ora di farsela se già non ce l'aveva, una mezza ciocca coi soci era ora di pagarla.

«Grazie», aveva risposto il Sisto.

Ma per intanto i soldi era meglio se glieli teneva lui.

Morose non ne aveva, né mezze né intere. Lo stesso per gli amici. Che gli desse quello che bastava per andare al cinema un po' più spesso, comprare ogni tanto il giornale sportivo e pagare la vedova: gli altri li tenesse lui, gli avrebbe fatto un favore, come se fosse una banca. Glieli avrebbe chiesti al momento giusto.

Il meccanico s'era fatto ripetere la storia, soprattutto quella dei soldi alla vedova.

«Per la pulizia e la biancheria mi ha detto», aveva risposto il Sisto.

«'Sta troia», aveva commentato il meccanico.

Aveva accettato la proposta del Sisto.

Le cifre che tratteneva segnate su un libretto, a fianco due firme, la sua e quella del giovanotto.

9.

Uno, due, tre, quattro tornanti per arrivare all'ingresso superiore del cimitero.

Superato il secondo il Sisto sbirciò nello specchietto retrovisore e vide che la donna aveva chiuso gli occhi.

Dormiva.

Bon, si disse.

E alzò un pelo il volume della radiolina che poco prima di partire aveva abbassato senza però spegnere.

Capiva niente.

Poi però, prima di alzare ancora un pelo, si fermò, fulminato da un pensiero, quello della cifra che aveva pensato di chiedere alla donna, le mille lire.

Un po' tanto per un tragitto così breve.

Se la donna avesse protestato...

La immaginò storcere il viso in un'espressione di sdegnata sorpresa.

Lasciò stare così com'era il volume.

Se la donna avesse protestato, continuò a pensare, cosa poteva ribattere?

Che c'era di mezzo la tariffa festiva.

Un po' poco.

Invece, visto che quella dormiva...

Intanto cominciò a rallentare.

In vista del quarto e ultimo tornante, prima di svoltare a destra e imboccare il tratto di strada che portava all'ingresso superiore del cimitero il Sisto guardò le ore: dalla partenza erano trascorsi quattro minuti, i primi tempi delle partite non erano ancora finiti.

Diede un'altra occhiata allo specchietto. La donna continuava a dormire, allora frenò con delicatezza, scalò una marcia, raggiunse il piazzale d'ingresso ma non spense il motore.

Tornò a guardare lo specchietto retrovisore.

La donna non s'era accorta di niente.

Scese e accostò la portiera come se fosse di cristallo.

Si accese una sigaretta, la fumò, ne accese una seconda.

Finita anche quella, decise che tra viaggio e sigarette aveva fatto trascorrere un tempo giusto per chiedere le mille lire. Tornò a sedere alla guida e spense il motore.

Mille lire però, ostia...

Fu assalito da un senso di colpa.

Non era sua abitudine ricorrere a quei mezzucci.

Rifece il conto.

Settecento lire...

Settecento lire, dai, andata!

Poi si girò.

«Arrivati», disse.

La donna non fece una piega.

Fu per ripetere l'avviso.

Solo mentre stava per aprire la bocca sentì quell'odore. Poi vide la chiazza di urina che stava ai piedi della donna.

«Gesucristo!» esclamò alla maniera del meccanico.

10.

Era il secondo cadavere che gli capitava di beccare in vita sua.

Sempre donna.

Il primo era stato quello della vedova Scottinelli. Era successo un mese dopo il suo diciottesimo compleanno. Era domenica mattina e aveva dormito fino alle nove. La sera prima era stato al cinema della Casa del Popolo a vedere un western, *L'uomo che uccise Liberty Valance*, insieme col Manina e il Saila, poi aveva tirato tardi sempre con loro due a chiacchierare seduti in piazza.

La Scottinelli tutti i giorni che il Signore mandava in terra lo svegliava sempre alle sette.

Strano che l'avesse lasciato dormire così tanto quella domenica.

Mica tanto strano quando, una volta alzato e ancora in pigiama, non l'aveva sentita trabattare in cucina e allora, curioso, anche un po' spaventato, per la prima volta da che era entrato in quella casa aveva sbirciato nella camera da letto della vedova, trovandola morta a letto.

Composta come se l'avesse saputo.

Rigida, con il lenzuolo tirato fin sotto il mento, le mani giunte sul davanti.

Mancava solo che si fosse messa il vestito buono.

Per giorni lo spavento gli era rimasto addosso.

Subito era volato a chiamare don Cantoni. Per fortuna era in canonica. Si era occupato lui di tutto.

Verso sera, prima di andare dalle suore per la cena, il Sisto aveva chiesto al sacerdote: «Adesso cosa faccio?».

Avrebbe voluto dire chiaramente che lui, in quella casa dove aveva visto e toccato una morta, non ci voleva tornare. Il prevosto però non l'aveva capita, aveva risposto stando sul vago.

«Per qualche sera puoi sistemarti in casa del coadiutore. Poi ci pensiamo.»

Ci avevano pensato i parenti della morta che non avevano perso tempo: a sette giorni dal funerale la casa della vedova Scottinelli era già diventata di proprietà del geometra Magnetti.

Per fortuna c'erano state le bestemmie del meccanico e i rosari della vedova.

11.

Il soteramòrt si chiamava Poncia.

Stava lì al cimitero anche la domenica. Era il giorno dell'economia, come lo chiamava lui. In quel giorno riscuoteva le mance di coloro ai quali curava le tombe, riceveva incarichi. Dicevano che, quando nell'aria c'erano voci di furti, dormisse pure lì al cimitero. Dicevano anche che qualche vaso di rame o cose così li facesse sparire lui.

Vero o no che fosse, nel locale dove ricoverava i suoi attrezzi il Poncia aveva un fornelletto a gas per riscaldare il mangiare che si portava da casa e una brandina per i riposini.

Il Sisto, non sapendo cos'altro fare e smadonnando sottovoce, aveva piantato lì donna e tassì ed era corso a chiamarlo.

«O Poncia!» esclamò quando infine quello aprì la porta del suo rifugio.

Aveva una faccia da sonno. Dall'interno veniva il rumore di una radiolina che gracchiava un po'.

«Vieni», disse il Sisto.

Nonostante il mestiere, il soteramòrt coltivava un certo senso dell'umorismo. Fu lì per chiedere al Sisto se per caso qualcuno degli ospiti del cimitero l'avesse chiamato per farsi portare da un'altra parte, cambiare luogo di residenza, paesaggio. Ma evitò.

L'espressione tesa del viso del giovanotto lo spinse ad andare al sodo.

«Cosa c'è?» chiese.

«Vieni!» ripeté il Sisto avviandosi e costringendolo a seguirlo.

Una volta giunti sul piazzale del cimitero il Sisto si fermò un istante, come avesse paura di avvicinarsi all'auto con la morta. Non c'era alcun rumore nell'aria, tranne quello di una macchina non molto lontana. Prima bella tirata, una sgommata, poi seconda e terza in rapida successione. Qualche ganassa che si stava divertendo a percorrere i tornanti della camionabile per Vendrogno fingendo di partecipare a un rally.

Quel rumore però, quel motore...

Un'Alfa, pensò il Sisto, che per certe cose aveva l'orecchio fino.

Una volta resosi conto del motivo per cui il Sisto l'aveva chiamato: «Ma chi è?» chiese il Poncia.

«Che cazzo ne so», rispose il Sisto.

«Li hai già chiamati i carabinieri?» chiese il Poncia.

12.

«C'è un morto su al cimitero.»

«Ah sì?»

E che c'erano i pesci nel lago e gli uccelli in cielo lo sapeva?

«Chiediglielo tu», rispose così la donna al maresciallo Alessio Riversi, con tutta l'ironia che si poteva permettere visto che era sua moglie.

Il carabiniere Volaventi stava in attesa sulla porta di casa dell'appartamento del comandante, sopra gli uffici della caserma.

«Fallo entrare, va'», disse il Riversi.

S'era messo in poltrona subito dopo pranzo, via scarpe e cravatta, e aveva un po' pisolato e un po' fantasticato sulla casetta dove di lì a sei mesi si sarebbe trasferito, in attesa che si facesse l'ora di uscire a fare due passi a braccetto con la moglie per un gelato o un caffè.

Il Volaventi non era mai entrato nell'appartamento del suo superiore, né mai l'aveva visto senza divisa.

«Raccontami», disse il maresciallo.

«Pare che ci sia un morto su al cimitero», ribadì il carabiniere.

Non sarebbe così strano, fu tentato di rispondere il Riversi.

«E sappiamo chi è?» chiese invece.

«No», rispose il Volaventi.

Né il Sisto, il tassista che l'aveva caricata sulla sua macchina, né il soteramòrt Poncia l'avevano mai vista.

Per quello l'avevano lasciata dove l'avevano trovata.

«E sarebbe?» chiese il Riversi.

«In macchina, nel tassì.»

Era morta lì, sul sedile posteriore.

Poi avevano chiamato i carabinieri.

Il Riversi sospirò allungandosi ancora di più sulla poltrona.

«Non hanno toccato niente?» chiese.

«No.»

«Bon», fece.

Poi raccolse le gambe fin quasi a portarle a contatto con il torace e con uno scatto che fece meravigliare il Volaventi si mise in piedi.

Il sole stava scendendo.

Un'ora, un'ora e mezza al massimo prima di tramontare.

«Alle sei vado a messa», gli disse la moglie sulla porta di casa.

13.

A chiamare i carabinieri era andato il Poncia.

Il Sisto era rimasto lì, in piedi a lato del Millenove, senza il coraggio di guardare la donna che adesso non sembrava più dormire. La testa piegata, le labbra schiuse.

Ne usciva il silenzio.

Andava a mischiarsi con quello che c'era intorno, rotto solo da rari canti di uccelli. Brevi però, come temessero di disturbare. Poi di nuovo silenzio che il Sisto avrebbe gradito rompere con qualche rumore, magari quello vivo, arrogante, musica per le sue orecchie di meccanico, della macchina di poco prima.

Avesse dato retta al Manina, quando gli diceva che ci guadagnava di più a stare a casa a menarselo! Si consolò riflettendo che da quel silenzio così presente, fastidioso, pesante lui si sarebbe liberato mentre il Manina in galera ci doveva stare ancora un pezzo.

Il Sisto si accese l'ennesima sigaretta. Non gli andava mica tanto. Lo fece così, per fare un gesto solito, da persona viva.

«E che gli puzza la salute», come gli diceva sempre il Scatòn quando lo vedeva accendersi una sigaretta.

Che poi, un po' di colpa, se aveva cominciato a fumare, era anche sua, del meccanico.

Perché, dopo la morte della vedova Scottinelli, quando era rimasto solo come un cucù senza sapere cosa fare, il meccanico l'aveva preso da parte.

«Te puoi anche dire che non sono affari miei», l'esordio.

Ma non gli aveva lasciato nemmeno il tempo di dire sì o no.

Era venuto il momento di non chiedere più la carità a nessuno, gli aveva detto, tanto meno quella a pagamento.

«Se mi spiego.»

I soldi che gli aveva tenuto via erano lì, belli e pronti, ed era venuto il momento di usarli. Poteva affittare un tre locali, vivere come una persona normale.

«Uno qualunque», aveva detto il meccanico.

Le tre stanze che il Sisto aveva affittato stavano in un edificio poco prima della ex chiesa degli Umiliati, sullo stesso pianerottolo dove abitava il Manina. Era stata la prima persona che aveva conosciuto, sigaretta fissa in bocca. Dopo un po' aveva conosciuto anche il suo socio, il Saila.

«Meno li vedi, meglio è», gli diceva sempre il meccanico quando per caso lo informava con chi era andato al cinema o a fare un giro.

Povero Scatòn, pensò il Sisto, sottoterra da un po' anche lui.

E chissà dove l'avrebbero trascinato i pensieri se una donna che sbucò dal cancello del cimitero, dopo aver sbirciato dentro il tassì, non gli si fosse avvicinata.

«Ma dorme?» chiese.

«No, è morta», rispose il Sisto.

La donna lo guardò. Prima lui, poi fissò gli occhi sulla sigaretta che il Sisto stringeva tra le dita della mano destra e passò immediatamente all'altra mano.

14.

Quando il maresciallo Riversi giunse al piazzale del cimitero il Sisto era in compagnia: due donne sole, una con le mani sul viso come se avesse visto chissà che, e una coppia, lei appesa al braccio di lui.

Il Poncia era in macchina col maresciallo.

Avrebbe voluto tornare su, a piedi. Il Riversi lo intimidiva. Non era riuscito a dire no al tono dell'invito che il carabiniere gli aveva rivolto.

«Andiamo con la mia macchina.»

Prima di scendere, vista la gente che stava intorno al Sisto, il maresciallo disse che magari, nel frattempo, qualcuno aveva riconosciuto la donna.

«Ne dubito», disse il Poncia.

Infatti.

Nessuno dei presenti seppe dire chi fosse.

Mai vista.

Non ci fu bisogno che il maresciallo li invitasse ad andare a casa. Lo fecero di propria sponte, salutando a bassa voce.

Metà cimitero era già in ombra.

«Allora», fece il maresciallo rivolgendosi al Sisto, «raccontami cos'è successo.»

E cos'era successo?

Che la donna era salita viva e vegeta nel suo tassì, il resto era lì da vedere.

L'aveva anche sporcato.

Non aveva detto niente di che.

Non aveva nemmeno voluto dire chi andava a trovare.
«Lo chiedi sempre ai tuoi clienti?» chiese il Riversi.
Il Sisto spiegò il motivo.
«Qualcuno l'ha toccata?» chiese il Riversi.
Ma poteva fare a meno di chiederlo.
Sbuffò e si decise a guardare dentro l'auto. La puzza di urina era penetrante, il che però non impedì al maresciallo di notare che almeno a suo giudizio mancava qualcosa.
«La borsetta», disse.
«Non l'aveva», chiarì il Sisto.
«Sicuro?» chiese il maresciallo.
Il Riversi aveva parlato tanto per parlare, non l'aveva nemmeno sfiorato l'idea che il Sisto potesse aver sottratto la borsetta alla donna.
Né il tassista avrebbe mai pensato che il maresciallo o chiunque altro potesse sospettarlo di un furto. Le parole del meccanico, quando lo avvisava di stare alla larga dal Manina e dal Saila, gli tornarono in mente.
Forse parlava pure da sottoterra.
Il Scatòn l'aveva anche preso per il collo della camicia per convincerlo a dargli ascolto.
Era stato il giorno dello svizzero.

15.

Svizzero tedesco.

Era una mattina di ottobre, pioviggginava. Anche dentro l'officina, in un paio di punti. Il Sisto ricordava ancora il rumore delle gocce che cadevano sul tetto di un rottame di Seicento.

Il padrone dell'hotel Meridiana aveva telefonato perché c'era un cliente con la macchina in panne. Aveva avvisato che era svizzero, svizzero tedesco.

«Vai te», gli aveva detto il meccanico.

Faticava a parlare l'italiano figurarsi con il tedesco.

Il Sisto era andato, aveva preso visione della macchina, era tornato.

«Si può fare», aveva detto.

«Cos'ha 'sta macchina?» aveva chiesto il Scatòn.

Il Sisto aveva glissato. Aveva ribadito che si poteva riparare ma era necessario mandare il carro attrezzi per portare l'auto in officina.

Il meccanico non aveva obiettato.

«Tanto quegli svizzeri lì sono pieni di soldi.»

Poi però, quando il Rachini di Dervio, che aveva il carro attrezzi, gli aveva scaricato la macchina in officina, aveva tirato giù madonne.

«Che cazzo di macchina è?»

Era una Peugeot 403, uno dei primi diesel che il Scatòn vedeva. Lenta, rumorosa, ma ideale per chi faceva un sacco di chilometri come lo svizzero tedesco che era un viaggiatore di commercio.

Il Scatòn non l'aveva mai visto un marchingegno del genere.

«E adesso?» aveva chiesto il meccanico.

«E adesso ci penso io», aveva risposto il Sisto che s'era messo subito al lavoro, sotto gli occhi dello svizzero tedesco che aveva una faccia da malfidente.

Il meccanico invece aveva tenuto d'occhio il Sisto. Sulle prime aveva pensato che il giovanotto avesse fatto un passo più lungo della gamba e avesse presunto troppo da sé. S'era aspettato che da un momento all'altro gli andasse a dire che non sapeva dove mettere le mani, pregandolo di tirarlo fuori dai guai con quello svizzero tedesco che dopo un po' aveva cominciato a guardare l'orologio.

Alla fine della mattina la macchina era pronta.

Il malfidente svizzero tedesco aveva voluto fare un giro di prova e quando era tornato per saldare il conto si era esibito in un sorriso sgangherato.

Poi era partito e allora il Scatòn aveva chiamato il Sisto.

«Adesso mi spieghi una cosa», aveva detto.

Non come aveva fatto a sistemare quel motore.

«Voglio sapere dove hai imparato.»

O glielo diceva oppure tirava su i suoi stracci e se ne andava al diavolo su due piedi.

Il meccanico non parlava tanto per parlare, il Sisto lo sapeva. Non gli era restato che sputare il rospo.

Un paio di mesi prima, una sera, era andato in giro col Manina e col Saila.

In macchina.

«Rubata», era intervenuto il meccanico.

Non era stata una domanda.

«Sì», aveva confermato il Sisto.

Era una Fiat 1400 D. L'aveva rubata il Manina poche ore prima a Valmadrera per tornare a casa dopo una settimana che non si faceva vedere. Il Sisto era andato al cinema col Saila, il Manina li aveva aspettati fuori e li aveva invitati a fare un giro. Avevano accettato, erano andati fino a Colico e poi erano tornati indietro. Lui non lo sapeva ancora che la macchina era rubata. L'aveva scoperto solo una volta arrivati a Dervio, quando il Manina aveva girato per andare verso il lago, alla riva dove c'era lo scivolo per le barche a vela. Il Saila sapeva benissimo perché il Manina era andato fino a lì: per mettere la macchina sullo scivolo e farla sparire nelle acque del lago. Non erano i primi che, per sbarazzarsi di un rottame o di una macchina rubata, ricorrevano a quel sistema. Nonostante lo spavento, il Sisto aveva detto che era un peccato. Per la macchina in sé ma soprattutto per il motore che era un diesel. Il Manina aveva riso, gli aveva chiesto cosa diavolo se ne faceva solo di un motore. Il Sisto aveva risposto che gli sarebbe piaciuto studiarlo. Allora il Manina aveva fatto dietrofront, il Saila s'era incazzato, non aveva capito il senso della manovra. Il Manina gli aveva detto di stare zitto o scendere. Erano tornati a Bellano, si erano salutati.

«Sogni d'oro», gli aveva detto il Manina.

Il giorno dopo, sempre il Manina gli aveva detto che aveva preparato una sorpresa per lui nella cantina di casa: era il motore diesel.

Il meccanico aveva seguito la sua confessione senza mai interromperlo. Alla fine l'aveva preso per il collo della camicia:

«La vuoi capire che prima o poi finisci in un guaio con gente di quel tipo?» gli aveva detto.

«Volevo solo capire come funzionano questi diesel», aveva risposto il Sisto.

16.

Dall'appartamento sopra la caserma la moglie del maresciallo Riversi scese nell'ufficio.

Niente passeggiatina, niente caffè o gelato, alla messa c'era andata da sola.

Ormai erano le sette passate, voleva capire se aspettare il marito oppure cenare per conto suo.

«Mi sa che mangio più tardi», disse il Riversi.

Stava aspettando il dottore, gli serviva per completare il fonogramma che doveva spedire.

Nessuno gli aveva saputo dire chi fosse la donna. Stabilito che era in giro senza borsetta, non le aveva trovato addosso alcun documento d'identità. Solo un portamonete e un biglietto di treno, andata e ritorno da Monza, con il timbro di quel giorno. Avrebbe dovuto fare due parole anche col capostazione?, si domandò il maresciallo, ma senza convinzione, perché lo sapeva anche lui che un capostazione mica può conoscere tutti quelli che arrivano o partono col treno. Tanto più se vengono da fuori. Però...

Il Riversi aveva incaricato il Poncia di andare a chiamare il Crozza delle pompe funebri e il dottor Lonati.

Le partite erano finite da un pezzo, il Milan aveva vinto, uno a zero.

Né il Crozza né il Lonati avevano riconosciuto la donna. Il viso della morta era diventato di un bianco cereo.

«È meglio spostarla prima che si irrigidisca», aveva consigliato il Crozza.

Il Riversi aveva guardato il dottore.

Non spettava a lui dire certe cose?

«Vero, è meglio», aveva approvato il Lonati.

Così avrebbe anche potuto fare un'ispezione esterna sul cadavere.

Istintivamente il maresciallo aveva guardato il Sisto che, pur senza motivo, s'era sentito chiamato in causa.

«La mettiamo nella camera mortuaria del cimitero», aveva detto il dottore.

L'avevano trasportata il Sisto e il Poncia su una vecchia barella di tela macchiata.

Il cimitero era ormai tutto in ombra. Il maresciallo, dopo esserselo rigirato per un po' tra le dita, si era messo in tasca il biglietto del treno.

Il dottore gli aveva chiesto se voleva assistere all'ispezione.

«Vado in caserma», aveva risposto lui.

«Passo dopo allora», aveva detto il Lonati.

Al Sisto il Riversi aveva detto di tenersi a disposizione.

Perché, dove vuole che vada?, avrebbe voluto rispondere il tassista.

Non aveva detto niente.

Il Crozza si era fermato col dottore, lui era abituato a certi spettacoli.

Il Poncia era tornato nel suo quartierino.

17.

«Tra i sessantacinque e i settanta?» chiese il maresciallo Riversi.

Mancavano pochi minuti alle otto, la finestra dell'ufficio era aperta, l'aria era ancora calda. Poco prima, aprendola, il maresciallo era rimasto ad annusare, soprattutto ad ascoltare il rumore di un motoscafo.

Chiamava l'estate.

Poi era arrivato il dottore. Gli aveva sottoposto il testo del fonogramma che si preparava a spedire. L'unico indizio, quel biglietto ferroviario.

Monza!

«Non è come dire Bellano», aveva commentato.

Quasi come cercare un ago in un pagliaio.

«Causa di morte?» aveva chiesto.

«Naturale», aveva risposto il Lonati.

Arresto cardiocircolatorio.

«In ogni caso è da escludere una morte violenta.»

Il Riversi aveva scrollato le spalle come per dire che già lo sapeva.

L'età, infine.

«Tra i sessantacinque e i settanta?» aveva chiesto.

A quel punto il Lonati aveva corrugato la fronte.

«Direi più giovane», aveva risposto.

«Davvero?» fece il Riversi.

Non per dire, ma l'aveva guardata per bene.

Il viso, le mani.

Anche com'era vestita.

«Da vecchia.»
Il dottore dissentì.
«Più che vecchio definirei il suo aspetto vecchieggiante», disse.
«E la differenza dove sta?» chiese il maresciallo.
«In una malattia.»
«E sarebbe?» chiese il Riversi.
«La sifilide», chiarì il Lonati.
Il maresciallo sgranò gli occhi.
«Sorpreso?» chiese il dottore.
Forse pensava che fosse una malattia che apparteneva al passato?
«No, ma...»
Ma, in sostanza, sì.
«Invece c'è», disse il dottore.
«Quindi era una...»
Il Riversi non osò andare oltre. Si trattava di una morta in fondo.
«Non è detto», disse il Lonati.
I segni della malattia c'erano. Gli esiti dei granulomi gommosi. L'alopecia e un inconfondibile diradamento delle sopracciglia.
«Ma ciò non significa che abbia avuto un passato che comunemente le si potrebbe attribuire.»
Poteva averla contratta occasionalmente, alla nascita o più avanti, per sfortuna.
«Ed essere poi guarita spontaneamente, come nelle forme benigne.»
Il Riversi accennò di aver compreso.
«E tutto questo ci aiuterà a capire chi è?» chiese.
«Non credo proprio», rispose il Lonati.

18.

Era stato in quell'occasione che il Sisto aveva capito come il meccanico Calisto Scatòn non fosse solo bestemmie, lavoro, silenzio, ubbidire e mangiare in mezz'ora.

Anzi.

Forse il fatto di aver perduto la moglie dopo due soli anni di matrimonio, essere rimasto solo senza figli l'aveva fatto diventare così.

Ma era solo una facciata.

«Vuoi saperne di più di motori?»

Al Sisto era bastato rispondere sì.

Era stato così che, dalla settimana successiva, per due mesi il Sisto aveva fatto su e giù da Lecco, partenza col diretto delle sette e un quarto, ritorno con il locale che fermava a Bellano alle diciannove e trenta. Due mesi a scuola da un altro meccanico, Nazario, un amico del Scatòn.

Uno che era nato a Tripoli nel 1920.

«E lo sai perché?» gli aveva chiesto il Scatòn.

Perché suo padre era stato uno di quelli che avevano lavorato nelle officine delle Costruzioni Aeronautiche Giovanni Agusta ed era cresciuto a Cascina Costa, lì dove nel 1923 era stata inaugurata la prima officina italiana. Uno che conosceva e riparava qualunque tipo di motori, che non aveva bisogno di lavorare perché aveva messo via un sacco di soldi ma lavorava lo stesso, quando e con chi voleva, per passione.

Uno che gli avrebbe potuto insegnare tutto quello che voleva.

«Uno che non mi ha mai detto di no quando gli ho chiesto un favore», aveva detto il Scatòn.

Non gliene aveva chiesti tanti.

Quello di adesso, prendersi il Sisto per un paio di mesi e insegnargli qualcosa di più, era sicuramente il più grosso di tutti.

«Fa' il lavativo e giuro che ti stacco la testa», gli aveva promesso il meccanico.

Oltretutto, i due mesi di quella specie di scuola glieli aveva pagati il Scatòn, come se fosse rimasto a lavorare a Bellano.

19.

Il soteramòrt odorava di minestra. Quella che avanzava la sera, la riscaldava e ne faceva la sua colazione.

Piuttosto che puzzare di cimitero..., pensò il maresciallo Riversi la mattina seguente quando se lo trovò davanti.

Voleva sapere a che punto stavano, cosa doveva fare.

«Tanto non scappa», disse il maresciallo.

D'accordo, ma con quel caldo...

In effetti, a giudicare dalla temperatura, sembrava che il calendario avesse saltato del tutto il mese di maggio.

Lo sentiva anche il signor maresciallo il caldo, pensò il Poncia.

Cravatta allentata, colletto slacciato...

«Bisogna avere un po' di pazienza», disse il Riversi.

Con la collaborazione del dottore la sera prima aveva stilato un fonogramma il più preciso possibile al fine di favorire l'identificazione della donna. Aveva fatto chiamare anche il Sisto, per chiedergli se ricordasse qualche dettaglio, se balbettava o aveva un accento particolare, qualunque cosa che descrivesse al meglio la morta.

Aveva inoltre parlato personalmente con un collega di Monza. Stando al biglietto del treno era quasi scontato che venisse da lì.

«Qualcuno si accorgerà che manca», disse il maresciallo.

Un marito, se ce l'aveva ancora. Un figlio, un nipote, un vicino di casa.

«Qualcuno.»

«Speriamo», disse il Poncia.

«Se no?» chiese il maresciallo.

Gli era scappato un tono come se volesse provocare. Il Poncia non lo colse.

«In quel caso ci deve pensare il comune», spiegò.

«Ah sì?» fece il maresciallo.

«Certo», confermò il Poncia.

Gli era già capitato un paio di volte.

«La interriamo a spese del comune e se poi a un certo punto salta fuori il parente paga lui tutte le spese.»

«Altrimenti?»

«Altrimenti amen», concluse il Poncia.

20.

Conclusi i due mesi dal Nazario e ritornato in officina a Bellano, al Sisto era sembrato che il Scatòn non lo guardasse più come prima. Certe occhiate gli avevano insinuato quel pensiero. Erano sensazioni, niente di preciso. Per quella ragione non aveva osato parlarne. Quando avvertiva quella suggestione, ai suoi occhi il Scatòn tornava a essere il mangiafuoco che gli era sembrato i primi giorni, l'uomo tutto bestemmie e silenzio.

Invece, se avesse parlato, forse non avrebbe fatto il tassista.

Qualche giorno prima del suo ritorno infatti il Scatòn aveva ricevuto una telefonata del Nazario.

«Il giovanotto ha una bella testa», gli aveva detto quello.

Sembrava nato per fare il meccanico, capiva al volo, bastava poco e aveva la fantasia giusta per quel mestiere.

«Non dico che sia uno spreco tenerlo lì da te, ma se lui volesse...»

Sino a quel momento il Scatòn si era limitato ad ascoltare.

«Se volesse...» aveva detto a quel punto.

Be', aveva detto l'altro, lui qualche buona conoscenza ce l'aveva, gente che aveva bisogno di persone sveglie. E se il giovanotto voleva, se fosse stato disposto a cambiare aria, non aveva che da dirlo.

«Lui lo sa?» aveva chiesto il Scatòn.

«Sì.»

«E cos'ha detto?»

«Che ci penserà.»

Il Scatòn aveva messo giù la cornetta, era rimasto per un po' con la mano appoggiata al telefono.

Tra le parole del suo amico c'era forse un invito a spingere il Sisto verso la decisione di lasciare lui e il paese per crearsi una vita, un futuro altrove?

Bastava che il Sisto parlasse, era libero di fare quello che meglio credeva. Lui non gli avrebbe impedito di scegliere.

E se non diceva niente voleva dire che ci stava ancora pensando.

Vero.

Per settimane le cose che l'amico del Scatòn gli aveva detto erano diventate un pensiero fisso nella mente del Sisto. I nomi che quello gli aveva fatto, Milano, Bergamo, Verona, gli erano girati in testa come la pallina di un flipper.

Alla sera, poco prima di addormentarsi, avvertiva il fascino di un cambiamento totale, che avrebbe rivoluzionato la sua vita. Alla mattina, invece, appena aperti gli occhi, fingendo di svegliarsi e trovarsi a Milano, Bergamo o Verona, non vedeva l'ora di dare un'occhiata dalla finestra della camera per vedere il porfido della contrada e la persiana sempre chiusa della casa di fronte, disabitata.

Era stato il periodo in cui il Manina era finito in galera per guida senza patente, e il Scatòn aveva cominciato ad ammalarsi.

21.

Il lunedì spesso era una giornata del cazzo, capace di stare lì ad aspettare un cliente senza neanche vederne l'ombra.

Chissà come mai, si chiedeva ogni tanto il Sisto.

Meno male che il bar della stazione, chiuso la domenica, era aperto, così riusciva a far passare la giornata chiacchierando col Bianchetti, il gestore, o con sua moglie, leggiucchiando i giornali, «La Provincia» e la «Gazzetta», o cacciando balle coi clienti.

Oppure scappando di sopra, in stazione, soprattutto quando c'era un po' di sole.

Sedersi su una panchina e pensare a quei binari che andavano chissà dove. Anche scambiare due parole con il capostazione, meridionale. Gli piaceva quel misto tra l'odore di ferro che c'era nell'aria e quell'accento terone. Gli dava un'idea di vacanza.

Quel lunedì era stato ancora più del cazzo.

Era cominciato male.

La macchia di urina che la vecchia gli aveva lasciato sul sedile del tassì era rimasta a perenne ricordo. Colpa anche sua, che aveva tentato di toglierla con la candeggina. Cazzata immane, la pelle del sedile si era scolorita. Tra l'altro gli era sembrato che permanesse anche l'odore di urina.

Clienti, come al solito al lunedì, zero.

Rompicoglioni, invece, una fila.

La notizia che gli era morta una donna in macchina l'avevano saputa anche i sassi.

Aveva cominciato il Bianchetti a chiedergli: «Allora?».

«Allora cosa?» aveva risposto il Sisto.

Cosa voleva che dicesse, a lui e a tutti quelli che erano venuti dopo con la stessa domanda: «Allora?».

Allora niente.

Quando era arrivata era viva e una volta su al cimitero era bell'e morta.

Contenti?

Quello che sapeva, quel poco che poteva dire l'aveva già detto al maresciallo.

Se volevano saperne di più, chiedessero a lui.

Era lui che conduceva le indagini.

Fu a lui che il capostazione Meraviglia consegnò la borsetta della donna. Era tornata indietro con il locale delle ventuno e quarantacinque. Il capostazione l'aveva tenuta con sé, in attesa che la proprietaria venisse a prenderla. Al mattino, saputa la novità, era andato in caserma.

Come immaginava il maresciallo, il Meraviglia non conosceva la donna né aveva saputo dare alcuna informazione utile.

Però c'era la borsetta. Chiese al Meraviglia se ci avesse già sbirciato.

Forse sì, forse no.

Il capostazione negò con decisione.

Lo fece subito il Riversi, verificando che non c'era niente che potesse chiarire il mistero dell'identità.

Un fazzoletto, un foulard, qualche Golia sparsa sul fondo, due monete da cinquanta lire, un pettine, tre forcine per capelli, un mozzicone di matita.

22.

A tutto martedì mattina, ore dieci, tre segnalazioni.

Un uomo di Consonno, settantotto anni, sparito da una settimana. Aveva la passione dei funghi.

Ma era tempo di funghi?, si era chiesto il maresciallo Riversi.

Boh!

Da scartare comunque in quanto maschio.

Da Lecco, Garlate per la precisione, una sessantottenne, Caterina Mazzorati, non nuova a sparizioni di quel tipo, nota al servizio psichiatrico dell'ospedale cittadino.

Il figlio, operaio specializzato nel montaggio di gru, s'era sposato con una ragazza di Frosinone ed era andato a vivere da quelle parti. Già un paio di volte la donna, pare dopo aver litigato con il marito, aveva preso su e senza dire niente si era rifugiata dal figlio.

Tra l'altro era alta un metro e cinquantacinque, dieci centimetri secchi in meno di quella che stava su nella camera mortuaria del cimitero in attesa di nome e cognome.

La terza invece aveva stimolato la curiosità del maresciallo Riversi.

Era di Verano Brianza, a un passo da Monza.

Vedova, con due figli, maschio e femmina.

La ragazza, il mercoledì della settimana precedente, era stata ricoverata in ospedale e operata per un'appendicite acuta. Non potendo badare alla madre, che peraltro godeva di buona salute, aveva incaricato il marito di prendersene eventuale cura. Fino a sabato la donna era in casa. Era stato il figlio maschio, residente a Novara e andato di persona a trovarla, a verificarne l'assenza la domenica mattina. Dopo aver chiesto in giro e averla cercata, aveva avvisato i carabinieri la mattina di lunedì. La donna tra l'altro aveva l'abitudine di girare in bicicletta, di fare visita a certe sue amiche, pranzando o cenando insieme con loro. Nell'atrio della casetta dove abitava, la bicicletta con la quale si muoveva non c'era. Esisteva quindi la possibilità che, vista la bella giornata, avesse dato corso a una di quelle visite e magari fosse rimasta ospite presso di una di queste conoscenze.

«Certo», aveva ribattuto il figlio ai carabinieri.

Non era la prima volta, solo che di solito avvisava la figlia oppure lui.

Il figlio era rimasto presso la casa della donna, dove aveva concordato con i carabinieri di restare in attesa di notizie, fino a martedì mattina.

Martedì mattina, dopo essere uscito a comperare sigarette e giornali, aveva preso all'improvviso il treno e un'ora dopo era sceso alla stazione di Bellano.

Toccò al Poncia trovarlo verso le undici della mattina e, dopo aver riso senza riuscire a trattenersi, chiedergli come diavolo aveva fatto a mettersi in una situazione del genere.

L'uomo aveva quarant'anni e si chiamava Ettore.

Alle sette, quando ancora si trovava a Verano, poco dopo aver acquistato una copia del «Giorno» aveva letto la notiziola di una donna così e cosà, morta su un tassì, di cui non si conosceva l'identità. L'immagine della madre gli si era disegnata subito in testa. Era volato a Monza. La vista delle innumerevoli biciclette posteggiate fuori dalla stazione non aveva fatto altro che confermargli di essere drammaticamente sulla strada giusta. Era salito sul primo treno ed era partito per Bellano, destinazione cimitero: l'articolista infatti aveva specificato che, in attesa che si chiarisse la situazione, il cadavere sarebbe stato ospitato nella camera mortuaria del posto.

Ma il cimitero di Bellano al martedì era chiuso e il Poncia aveva una piccola vigna nella frazione dove abitava.

23.

Nei giorni di chiusura del cimitero, martedì e venerdì, il Poncia si alzava alle sei, faceva colazione e poi badava alla vigna e all'orto.

Solo se aveva qualcosa da fare, tombe da lustrare o da rappezzare, andava al cimitero.

La fortuna dell'uomo fu che, persistendo il bel tempo, il Poncia aveva deciso di recarvisi sul tardi: da un bel po' doveva sistemare il lato esposto a nord della tomba della famiglia Nolvisi, pieno di crepe e infiltrato dall'acqua.

Sennò chissà fino a quando l'Ettore sarebbe rimasto incastrato col piede tra le sbarre della cancellata del camposanto.

Arrivato davanti all'enorme cancello chiuso con tanto di catena, l'uomo aveva studiato la situazione.

Scavalcarlo non era pensabile.

Più facile, gli era sembrato, scavalcare la cancellata le cui sbarre finivano con punte acuminate. L'aveva aggredita. Semplice arrivare in cima. S'era poi girato e aveva iniziato la discesa e subito un piede gli era scivolato incastrandosi. Ogni tentativo di liberarlo si era rivelato inutile. Per via della scarpa, che chissà come diavolo era riuscita a passare dall'altra parte. Dopo qualche minuto appeso con entrambe le mani alle sbarre e con l'altro piede che scalciava inutilmente nel vuoto aveva cominciato a gridare aiuto.

«Sembrava l'ululato di un cane», disse il Poncia al maresciallo Riversi quando ormai era mezzogiorno.

Dopo averlo liberato, togliendogli la scarpa e guidando il piede a uscire dalla gabbia delle sbarre, il soteramòrt gli aveva chiesto cosa caspita stava facendo, cosa gli fosse venuto in mente.

L'uomo si era spiegato.

Ma la donna morta sul tassì del Sisto era sottochiave.

L'ordine del Riversi era stato quello di non far entrare nessuno a parte il dottore, qualora avesse voluto dare un'altra occhiata, o persone che lui stesso avesse autorizzato.

Era l'una di martedì quando l'Ettore, il maresciallo e il Poncia entrarono assieme nel cimitero. Nella camera mortuaria l'aria era calda, pesante, aveva una nota dolciastra.

L'Ettore non riconobbe sua madre e si commosse. Il Riversi gli disse che adesso poteva andare. Quello si avviò zoppicando.

«Un buco nell'acqua», disse il maresciallo una volta rimasto solo col Poncia.

«Sì, però...» commentò il soteramòrt.

24.

Però bisognava prendere una decisione.

L'aveva sentito il maresciallo quell'odore dolciastro?

«Tempo un giorno o due e comincia a fare vermi», disse il Poncia.

Tra l'altro sulla camera mortuaria, uno sgabuzzino a guardar bene, il sole picchiava tutto il giorno, da quando spuntava fino al tramonto.

E poi il giorno prima aveva dovuto mandare via a calci nel culo una compagnia di bocia che aveva beccato lì, a darsi il cambio per aggrapparsi alla finestrella e guardare dentro.

Il Riversi non poté fare altro che dirsi d'accordo con lui. Uscì dal locale e si fermò guardando la parte più vecchia del cimitero e inspirando con forza per togliersi dal naso l'odore della camera mortuaria. Poi si avviò in compagnia del Poncia che faceva ballare in mano la chiave del lucchetto che chiudeva il cancellone.

«In giornata le faccio sapere», disse prima di avviarsi lungo la scalinata che scendeva verso la piazza della chiesa.

Un cazzo di caldo, mormorò mentre si dirigeva verso la caserma.

E ci voleva ancora del tempo prima che l'Arma consentisse di mollare la divisa invernale.

«Novità?» chiese non appena entrato.

«Sì», rispose il carabiniere Volaventi.

25.

Sì, si poteva fare.

L'aveva detto il Saila al Sisto la sera prima.

La macchia di urina che la donna aveva lasciato sul sedile posteriore del Millenove più il suo tentativo di cancellarla con la candeggina avevano combinato una vera troiata.

Il Sisto ci aveva pensato tutta la notte.

Come cazzo avrebbe fatto ad aprire la portiera e dire «Prego si accomodi» a un cliente con sotto gli occhi quella macchia che faceva pensare alle peggiori schifezze?

Il martedì mattina si era alzato e la prima cosa che aveva fatto era stata andare nella bottega del tappezziere Veduggi, dentro la corte degli Adamoli.

Con un fischio aveva chiamato fuori il Saila che adesso lavorava lì.

Apprendista, operaio, nemmeno il Saila lo sapeva, sta di fatto che s'era attaccato a quel posto dopo lo spavento che s'era preso quando il Manina era finito in galera la prima volta.

Era successo più o meno un due, tre anni prima, forse qualcosa di più. A quel tempo il Sisto aveva già tagliato i ponti con tutti e due. Senza più bisogno che il Scatòn glielo ripetesse ancora, l'aveva capita da solo che a frequentare quei due c'era solo da finir male.

Poi il meccanico aveva cominciato a non stare tanto bene. Era un periodo in cui l'officina lavorava a pieno regime, ormai di macchine ne giravano tante anche in paese, tutt'altra musica rispetto ai primi tempi quando capitava una Giardinetta ogni tanto.

Al Sisto non era sfuggito che il suo padrone aveva qualcosa che non andava.

Boffava, a volte si sedeva per prendere fiato. Gli capitava di osservarlo senza che lui se ne accorgesse, tirava dietro i piedi.

Mai visto così.

Tuttavia non aveva mai osato chiedergli qualcosa.

Fino alla mattina in cui s'era trovato davanti alla porta dell'officina chiusa e, non sapendo cosa fare, era andato a casa del meccanico per la prima volta da che lavorava con lui.

26.

Quando il Manina era finito in galera per la prima volta, il maresciallo Riversi aveva convocato in caserma il Saila.

«Lui è dentro e starà dentro per sei mesi», gli aveva detto.

«Tu invece», aveva subito aggiunto, «sei ancora fuori solo perché hai avuto la fortuna che non ti abbiamo beccato.»

Il Saila aveva tentato di rebeccare ma il Riversi non gliene aveva lasciato il tempo.

«Non sprecare fiato», gli aveva detto. «La caserma è piena di fascicoli sul Manina e, pensa un po', il tuo nome compare sempre accanto al suo. Quindi non dirmi che non hai mai fatto niente.

Non dirmi che non eri con lui quando avete rubato alla villa della Montagnina.

Non dirmi che non hai mai nascosto roba di contrabbando in casa tua.

Non dirmi che non c'entri niente con l'incendio della ruspa del Picozzi.

Non dirmi che non hai mai spacciato quei pezzi falsi da cinquemila che erano in giro un paio di anni fa.

Non dirmi niente perché so tutto. Te lo ripeto, la tua fortuna è che non ti ho mai beccato. Però sappi una cosa...»

Da quel momento in avanti, aveva detto il Riversi, poteva considerarsi un osservato speciale.

Facesse anche solo una mezza mossa contro la legge, anche una scorreggia non consentita, e l'istante dopo si sarebbe trovato in caserma.

«Così facciamo un bel conto unico.»

E con due paroline giuste giuste dette all'orecchio del giudice avrebbe provato anche lui per un bel po' il tipo di vacanze che adesso stava facendo il suo socio.

Dopo le parole del Riversi, il Saila s'era cagato addosso.

Figa, invecchiato nel giro di un pomeriggio!

Per un mese non aveva fatto altro che cercare qualcuno che gli desse un mezzo lavoro pur di dimostrare al maresciallo che le sue parole avevano centrato il bersaglio.

Ma chi si fidava, con la fama che si tirava dietro?

Era stato il maresciallo in persona a sistemarlo dopo che lo stesso Saila era tornato da lui per dirgli che nonostante la sua buona volontà non riusciva a trovare un lavoro.

«Te lo trovo io», aveva assicurato il Riversi.

Il tappezziere Veduggi gli aveva fatto un favore personale prendendoselo in bottega. Ma attento!, gli aveva detto.

«Se la fai a lui è come se la facessi a me!»

27.

Il Saila adesso filava dritto e infilava aghi nei materassi. Restaurava sedie, copriva divani.

«Ti tocca fermare la macchina un paio di giorni», disse al Sisto dopo averne ascoltato la richiesta: rifare il sedile posteriore, ricoprire quella cazzo di macchia.

Il lavoro glielo poteva fare gratis, gli promise il Saila, e il materiale lo prendeva lì in bottega.

«Te la posso lasciare anche adesso», disse il Sisto.

Non aveva servizi in programma.

Né immaginava che gliene stava per arrivare uno.

28.

La novità annunciata dal carabiniere Volaventi faceva la parrucchiera.

Anzi, la coiffeuse, come aveva tenuto a specificare il maresciallo Marcalli della tenenza di Monza.

Domenica aveva fatto una gita sul lago d'Iseo insieme col fidanzato.

Uscita presto, tornata tardi.

Il lunedì, come tutte le colleghe, s'era dedicata alla pulizia di fondo del suo negozio.

Anzi, salone di bellezza.

A mezzogiorno non era tornata a casa per pranzo, aveva mangiato un panino in un bar di fronte al salon e via. Era rientrata solo nel tardo pomeriggio, giusto il tempo di darsi una rinfrescata e il suo fidanzato era arrivato, come d'accordo. Non erano usciti. Avevano passato la serata insieme, un po' di televisione e un po'...

Insomma, né lei né lui avevano notato niente di strano.

Anche perché, cosa ci sarebbe stato di strano da notare?

Non certo il silenzio, sempre che se ne fossero accorti, perché dall'appartamento della sua vicina non aveva mai sentito venire rumori di alcun genere.

Né radio né televisione, come se non avesse né l'una né l'altra. Nemmeno suoni di voce, nemmeno quello del telefono.

Visite, men che meno, mai visto nessuno.

Bisognava dire che lei peraltro, dato che il suo salone l'aveva aperto da appena un anno, lavorava come una matta dalla mattina alla sera senza badare all'orario e quando tornava a casa, se non aveva appuntamento col fidanzato, non vedeva l'ora di buttarsi a letto e dormire come un ghiro.

La vicina, quindi, sapeva che c'era ma giusto perché l'aveva intravista qualche volta.

Ma intravista!

Tanto che non avrebbe saputo descriverla, nemmeno specificare che taglio di capelli avesse il che, per una che faceva il suo mestiere, era tutto dire.

E se non fosse stato che quel martedì, così, senza preavviso, senza il solito mal di pancia...

«Cose di donne, insomma», aveva detto il Marcalli al telefono.

Se non fosse stato che così, senza preavviso, mentre stava arricciando i capelli a una che nel frattempo le stava raccontando le ultime novità, aveva capito che le stavano arrivando le sue regole non sarebbe tornata a casa a prendere quello che serviva perché in negozio non aveva niente.

Figurarsi, sempre regolare com'era stata, mai avrebbe immaginato.

Così aveva incrociato il postino che le aveva chiesto se per caso la sua vicina di casa fosse assente, visto che non aveva ritirato il giornale di domenica e lunedì, consegnati assieme il giorno prima, e lui non sapeva dove mettere quello di martedì, dato che la cassetta era stracolma.

Lei aveva risposto boh, poi era volata in casa a sistemarsi. Poi prima di tornare in negozio aveva bussato alla porta della vicina senza ottenere risposta. Infine, mentre era per strada e stava ritornando al negozio, le era venuto in mente che quella cliente, quella dei ricci, quella che aveva finito in fretta e furia per andare a casa, tra le tante cose che le aveva raccontato c'era anche quella di una donna anziana di Monza, sembrava, trovata morta in un paese di cui non ricordava più il nome.

Con quel pensiero, non poteva stare tranquilla.

Per quello era andata dai carabinieri, e si scusava se alla fine si fosse rivelata una perdita di tempo.

29.

La casa era in via Cortelongo al 12.

Una palazzina a tre piani, sei appartamenti, quattro occupati, due sfitti.

Il Marcalli ci era andato subito portandosi appresso un carabiniere.

Aveva verificato innanzitutto che tre copie del giornale, «La Provincia di Como», quelle del 26, 27 e 28 aprile giacevano, disse esattamente così il Marcalli, intonse: due infilate nella fessura della cassetta per le lettere e una appoggiata sopra la stessa cassetta.

L'indirizzo che compariva sulla fascetta del giornale corrispondeva a quello del citofono: Marzorati Vera, via Cortelongo 12, Monza.

«"La Provincia di Como"?» lo interruppe il maresciallo Riversi.

«Esattamente.»

«E cosa se ne fa di un quotidiano di Como una che abita a Monza?»

«È quello che mi sono chiesto anch'io ma non sono riuscito a capirlo», disse il collega monzese.

Aveva bussato anche lui, senza ottenere risposta.

Considerata la situazione aveva chiamato i Vigili del Fuoco.

E che cazzo!

Visto che non ritirava la posta da tre giorni poteva anche essere morta!

Metti che non avesse figli o parenti vicini, che non avesse un cazzo di nessuno...

Mica poteva aspettare che se la mangiassero le formiche.

Erano entrati e non avevano trovato nessuno.

Nessun odore particolare nell'aria, tutto in ordine.

Un ordine da vecchi, se si spiegava.

Come l'arredamento.

Il necessario: una vetrinetta, qualche centrino, niente tappeti.

«Fotografie?» chiese il Riversi.

«No.»

Non gli sembrava.

Non aveva guardato bene.

Lui e il carabiniere avevano cercato un documento che permettesse di identificare la padrona di casa, risalire a qualche parente.

L'avevano trovato.

Stato civile, nubile.

«Stato di famiglia?» chiese il Riversi.

«Singola.»

Nessun figlio, nessun marito, nessun parente noto.

«La carta d'identità?» chiese il maresciallo Riversi.

«Sei fortunato, l'aveva rifatta di recente.»

La foto era chiara, ideale per un riconoscimento.

«Mandamela.»

«Te la sta portando il mio carabiniere», rispose il Marcalli.

30.

La porta aperta, aveva chiamato senza ottenere risposta, come se non ci fosse nessuno in casa.

Poi gli era piombata alle spalle una vocetta femminile che gli aveva chiesto chi fosse.

Il Sisto si era presentato.

Allora la donna aveva detto: «È a letto».

Forse dormiva.

«Pensavo che fosse il dottore.»

L'aveva chiamato lei. S'era decisa a quel passo, nonostante il fratello le avesse detto che non era niente, solo un po' di stanchezza.

Intanto il Sisto si era guardato in giro, fotografando la desolazione della casa del Scatòn. Nell'aria c'era lo stesso odore dell'officina. La donna continuava a parlare.

Era la sorella che da anni e annorum cercava di occuparsi del fratello da quando era rimasto solo.

Cioè, faceva quello che poteva, perché...

«Una testa di legno», aveva detto.

Uno zuccone.

Il Sisto ascoltava e guardava.

Percepiva un freddo singolare, gli oggetti che gli capitavano sotto gli occhi sembrava che non fossero mai stati spostati dalla posizione che occupavano.

Non aveva mai voluto darle retta, aveva continuato a dire la donna.

Quando lui le diceva che era un po' stanco o che non aveva voglia di mangiare...

«Perché non vai a farti vedere dal dottore?» gli diceva.

Lui, niente.

Passerà!

Come se le malattie passassero così.

Che se invece le prendi all'inizio, magari poi guariscono.

Il Sisto aveva chiesto alla sorella se poteva vedere il meccanico. Quella aveva incassato la testa nelle spalle.

Senza rispondere aveva indicato la camera da letto con un movimento del capo, un gesto da canarino.

«Prima dormiva», aveva detto poi.

Il Scatòn aveva gli occhi chiusi. Li aprì quando il Sisto entrò nella camera. Pure il Sisto non seppe cosa dire.

Poi una voce maschile chiese permesso.

«L'è scià el dotòr», annunciò la donna.

Il Scatòn allungò una mano sul comodino sopra cui c'erano un bicchiere di vetro appannato, un portaritratti con una foto in bianco e nero, indecifrabile dal punto in cui era il giovanotto, e un mazzo di chiavi. Il meccanico prese quest'ultimo e lo allungò al Sisto.

«Apri te oggi», gli disse laconico.

31.

«Com'è 'sta faccenda?» chiese il maresciallo Riversi.

«Evidenza pura e semplice», rispose il Lonati.

Erano quasi le sette di sera di martedì. I segni del caldo erano anche sul volto del dottore. Il maresciallo Riversi s'era tolta la giacca, aveva la fronte lucida.

Non poté trattenere una smorfia di disappunto dopo quello che il dottore gli aveva appena comunicato.

Stava pensando se era una cosa che poteva rimettere tutto in discussione.

La fotografia sulla carta d'identità aveva confermato chi fosse la donna, Vera Marzorati eccetera eccetera.

Dopo averla ricevuta dalle mani del carabiniere che era giunto in treno da Monza, era salito subito al cimitero. Il Poncia gli aveva fatto compagnia. Identificata la donna aveva mandato a chiamare il Crozza delle pompe funebri. Lui era rimasto lì, solo, ma fuori dal locale, a guardare il mondo caldo che gli stava intorno. Gli sembrava impossibile immaginare che uno dovesse morire e poi finire sottoterra. L'arrivo dei due l'aveva distratto da quei pensieri del cazzo. Il Crozza gli aveva detto che bisognava sbrigarsi.

«Ormai domani», aveva detto il Poncia.

«Sì, ma senza perdere altro tempo», aveva commentato il Crozza.

Bisognava avvisare il sindaco e il dottore, per sistemare anche il certificato di morte.

«Ci penso io», aveva detto il Riversi.

«Io, però...» aveva buttato lì il Crozza.
Però, cosa?
Aveva parlato con lo sguardo il Riversi.
Non era tutto a posto, tutto finito?
Sì, però.
Il Crozza aveva detto che era per una questione di decenza, di dignità.
Non se la sentiva di rimettere addosso alla morta gli stessi vestiti che aveva prima e che adesso, dopo l'ispezione del dottore, stavano lì in un angolo ammonticchiati.
Una questione di rispetto.
«Quindi?» aveva chiesto il maresciallo.
Bastava andare nella sua casa di Monza. Qualcosa di decente doveva pur averlo in un armadio.
«Ci va lei?» aveva chiesto ancora il Riversi.
«Col carro funebre?» aveva ribattuto il Crozza.
Non avevano altre macchine.
«Con quello che vuole. L'importante è che entro domani si celebri il funerale», aveva risposto il maresciallo.
«Il signor prevosto potrebbe in tarda mattinata o a metà pomeriggio», era intervenuto il soteramòrt.
Metà pomeriggio, aveva suggerito il Crozza. Non avrebbe mosso il carro. A Monza ci avrebbe mandato il figlio, in treno.
«D'accordo allora», aveva concluso il Riversi.
Si sentiva le ascelle bagnate oltre misura, era infastidito dal colletto della camicia, troppo stretto. Aveva lasciato i due su al cimitero, era sceso in paese con la voglia insensata di cacciare la testa sotto la prima fontana che avesse incontrato.
La distanza mentale dal cimitero era aumentata vertiginosamente non appena il fresco delle contrade l'aveva investito. Davanti alla porta dell'ambulatorio del dottore era tornato a essere il solito maresciallo Alessio Riversi. Di fronte al quale nessuno di coloro che stavano in sala d'attesa aveva osato ribattere quando aveva detto, scu-

sandosi, che doveva comunicare urgentemente con il medico.

«Finito qui passo in caserma», aveva promesso il dottore.

Promessa mantenuta.

All'incirca alle sei e mezza era entrato nel suo ufficio.

Il Riversi l'aveva aggiornato sugli sviluppi. Nessun parente rintracciato, la donna non aveva avuto mariti o figli.

E il dottore allora gli aveva detto quella cosa.

«Impossibile.»

Un marito magari no.

Ma un figlio almeno doveva esserci.

Magari morto anche lui.

Ma doveva esserci o esserci stato.

Evidenza, pura e semplice.

32.

Il Sisto aveva aperto l'officina quel giorno, il giorno seguente, quello dopo ancora.

Aveva aperto per quasi un mese, tanto era durata la degenza in ospedale del meccanico.

Una bella mattina la sorella del Scatòn si era presentata in officina.

La mandava il fratello, voleva sapere come andavano le cose sul lavoro, se c'erano problemi.

«Abbastanza bene», aveva risposto il Sisto.

La donnetta era rimasta ferma sulla soglia, non aveva fatto neanche mezzo passo dentro l'officina vera e propria.

«E provare ad andare a trovarlo?» gli aveva detto senza mascherare un certo tono di rimprovero.

Il Sisto c'era rimasto male. La donna l'aveva compreso e aveva tentato di medicare.

«Di sicuro gli farà piacere vederti», aveva detto.

Sentire come andava lì in officina, parlare di cose pratiche, cose di cui lei non capiva niente, cose che l'avrebbero distratto dal pensiero di essere ricoverato in ospedale.

Sapeva bene, aveva detto la sorella, che sulle prime il Calisto faceva una cattiva impressione, parlava poco, era sempre accigliato.

«Ma è tutta una finta», aveva detto.

Era la vita che l'aveva fatto diventare così.

«Quando si è sposato non era così.»

La sorella si era un po' commossa.

«Poi, invece...» aveva detto tirando su col naso.

Il Sisto aveva taciuto per un po'.

«E come sta?» aveva chiesto poi.

«Abbastanza bene», aveva risposto la donna.

«Ma cos'ha in fin dei conti?»

I dottori non l'avevano ancora capito.

Quella stessa sera il Sisto, chiusa l'officina, s'era avviato alla volta dell'ospedale.

Se non l'aveva fatto prima, non era stato per cattiva volontà, avrebbe voluto farlo presente alla donna.

Non aveva osato piuttosto.

Pensandoci s'era immaginato che il meccanico non gradisse che andasse a ficcare il naso in cose che erano sue, private. Quando s'era immaginato di andare a trovarlo era tornato fuori il mangiafuoco, per quello non s'era mai deciso.

Era entrato in ospedale e s'era trovato davanti quella suora.

Tutta storta.

Una suora storta.

Era come se avesse una esse nella schiena, come se avesse sempre davanti qualcosa e per vedere oltre dovesse piegarsi sulla sinistra.

«Lei cosa fa qui, a quest'ora?» gli aveva chiesto.

Non lo sapeva che l'orario di visite ai degenti era passato da un pezzo?

Il Sisto aveva balbettato qualcosa, che ci fosse un orario per le visite l'aveva appreso in quel momento.

La suora storta si era fatta dire chi era e il motivo per cui era lì squadrandolo dalla testa ai piedi.

Quindi, passando al tu, gli aveva detto: «Vieni con me», e l'aveva accompagnato al letto del Scatòn.

33.

«Episiotomia», disse il dottore.

Era evidente che la donna l'avesse subita, la cicatrice che aveva rilevato durante l'ispezione era lì a testimoniarlo. Molti ginecologi la praticavano, per facilitare il parto. Circa le conseguenze, poi...

«Ma queste sono questioni che non la interessano», disse il Lonati.

Il Riversi lasciò passare qualche istante prima di parlare.

«Quindi, in sostanza?» chiese poi.

«Niente», rispose il dottore.

Il fatto che la donna avesse molto probabilmente partorito non cambiava niente. Se aveva o aveva avuto un figlio o una figlia, se quel figlio o figlia fosse ancora vivo o morto, non cambiava la necessità di procedere alla tumulazione come stabilito.

«Se no davvero ci penseranno i vermi a farle il funerale.»

Il dottore ebbe l'impressione che il maresciallo non l'avesse ascoltato.

«Cosa c'è?» chiese.

Il Riversi scosse la testa.

Si stava chiedendo cosa fosse venuta a fare a Bellano quella donna, visto che con il paese non aveva apparentemente legami di sorta. Eppure c'era venuta. E poi c'era quel giornale, l'abbonamento a quel giornale che portava solo notizie del territorio.

Abitare a Monza e tenersi informati su ciò che accadeva nella provincia di Como?

Per quale ragione venire fin lì?
«A morire», aveva celiato il Lonati.
Ma il Riversi non era in vena di scherzi.
Guardò il medico alzarsi e uscire dal suo ufficio, rispose appena al saluto. Poi fissò il vuoto e rilesse il certificato di morte della donna, la copia da allegare agli atti.
Quindi salì nel suo appartamento.
Fu durante la cena che si decise a parlare con la moglie, le raccontò gli sviluppi della faccenda.
«Tu cosa faresti?» chiese alla fine.
La donna sapeva il motivo che aveva spinto suo marito a raccontarle un fatto di lavoro, cosa che capitava di rado. Conosceva la risposta che lui si aspettava.
«Andrei a Monza, a casa di quella poveretta, darei un'altra occhiata in giro.»
Il Riversi sorrise.
«Non però col carro funebre del Crozza», aggiunse.

34.

Strana cosa, pensò il Sisto quando il Riversi lo avvisò che la mattina seguente avrebbe dovuto portare lui e il figlio del Crozza a Monza.

Strana cosa che a un maresciallo non piacesse guidare.

Strana, ma era così.

Il Riversi la patente l'aveva presa per dovere, ma guidare non gli piaceva.

Finché si trattava di tragitti brevi, Vendrogno, Dervio, Varenna, d'accordo.

Oltre, no.

Si distraeva.

Alla guida, anziché concentrarsi sulla strada, la sua mente prendeva la via dei pensieri più vari.

Per fortuna il Saila non aveva ancora messo mano al sedile del Millenove.

Una volta salito in macchina al Sisto sembrò di percepire ancora una traccia dell'odore rancido dell'urina. Il figlio del Crozza si era già seduto dietro, di sua iniziativa. Si addormentò quasi subito. Subito dopo che il Riversi gli disse: «Andiamo», l'unica parola che pronunciò fino a quando giunsero a Monza.

Che pensieri avesse seguito durante il viaggio, nemmeno il maresciallo stesso avrebbe potuto dirlo. Si era incuriosito delle tende da sole che proteggevano i terrazzini, delle sedie e delle sdraio che aspettavano nei giardini ingialliti di alcune abitazioni di lusso.

Il Sisto ogni tanto aveva guardato nello specchietto retrovisore, spiando il volto pallido, puntinato da una rada barba del Crozza che dormiva.

Dormiva beato.

Speriamo che non muoia anche lui, aveva pensato a un certo punto.

35.

La vicina di casa, la parrucchiera, anzi, la coiffeuse, non c'era.

Il maresciallo Marcalli li raggiunse una mezz'ora più tardi.

«Trovata facilmente la casa?» chiese.

Nessuno gli rispose. Il Sisto aveva dovuto chiedere informazioni ad almeno una decina di persone.

Il figlio del Crozza nel frattempo aveva già fatto una bella scoperta dentro il severo armadio nella camera da letto della morta.

«Previdente quella donna.»

Chiaro che non avesse figli o parenti.

Altrimenti non avrebbe avuto bisogno di lasciare quel biglietto appuntato sul vestito da indossare per l'ultimo viaggio.

Il vestito, le calze e il rosario da intrecciare nelle dita.

E il biglietto che avvertiva chiunque di metterle quell'abito grigio, quasi nero. L'aveva appallottolato, fatto su con poca grazia e infilato in una borsa.

Il Riversi intanto s'era guardato in giro. La descrizione minimale che gli aveva fatto il collega circa l'arredamento della casa era perfetta: stante la povertà essenziale di mobili e oggetti la perquisizione sommaria, benché non cercasse niente di preciso, ne trasse vantaggi. Seguiva un pensiero che aveva i contorni della curiosità, come mai una donna che abitava a Monza fosse abbonata alla «Provincia di Como».

I tre numeri che la donna non era riuscita a ritirare erano sul tavolo di cucina, impilati uno sull'altro.
Il Riversi li prese in mano, rendendosi conto quasi subito che erano quattro.
Quattro di cui uno, rispetto agli altri, intonsi, ancora con la fascetta d'invio, era stato aperto e probabilmente letto.
Di più.
Quella quarta copia, ne guardò subito la data, era del 25 aprile, quattro giorni prima, era aperta su una pagina ben precisa, quella dei necrologi.
Il Riversi sedette.
In quel momento fece il suo ingresso il Marcalli.
«Trovato qualcosa di interessante?» chiese.
Il Riversi fu lì per dire qualcosa sui giornali ma il collega aveva parlato tanto per dire.
«E chi te lo paga il tassì?» aggiunse subito.
Poco prima di salire nell'appartamento, si era fermato un momento di sotto vedendo il Sisto, uno sconosciuto fermo in macchina davanti alla palazzina, e gli aveva chiesto cosa facesse lì.
«Lascia perdere», rispose il Riversi.
Il Crozza aveva voglia di fumare ma non se la sentiva di farlo in quella casa, dove aleggiava lo spirito di una morta.
«Maresciallo, io ho finito, scendo giù», disse.
Il Riversi disse che avrebbe raggiunto lui e il Sisto di lì a poco.
Quando, una decina di minuti più tardi, prese posto in macchina, aveva in tasca il numero del 25 aprile della «Provincia».
Lo tenne così tutto il viaggio, lo avrebbe studiato più tardi.
Il tassì non lo pagò nessuno. Il Sisto non ebbe il coraggio di parlare né il Riversi fece cenno a un eventuale debito dell'Arma nei suoi confronti.

36.

Ritornato a Bellano, il maresciallo Riversi salì direttamente in casa e lasciò lì il giornale. Voleva guardarselo con comodo, ma non in ufficio.

La moglie gli chiese se pensava di essere puntuale per pranzo.

«A meno che nel frattempo non rapinino la banca», rispose lui.

Gli chiese se volesse qualcosa di particolare.

«Qualunque cosa», rispose lui e scese in ufficio.

Qualunque cosa voleva dire anche una bella pasta al sugo, roba da fare in un quarto d'ora. Visto che la temperatura non accennava a diminuire non valeva la pena di disidratarsi stando accanto ai fornelli. Poi magari quella stessa sera avrebbe chiesto a suo marito di accompagnarla fuori a cena. Aveva una voglia matta di sedersi a un tavolo della pizzeria che aveva aperto una settimana prima: il proprietario, un avellinese che dava del voi a tutti, l'aveva fermata per strada qualche giorno prima per dirle che aveva già invitato lei e il marito ad assaggiare la sua specialità. Lei aveva risposto ridendo, non le aveva detto niente, sapeva che suo marito non accettava favori o regali. Se si fosse seduto al tavolo della pizzeria avrebbe poi voluto pagare. Sarebbe stato un bel duello con quell'essere gioviale e insistente.

Il sugo era pronto, la pasta l'avrebbe buttata al segnale dei passi di suo marito che saliva le scale.

Quindi si sedette e prese a sfogliare «La Provincia di Como» del 25 aprile.

37.

Il Poncia sentì le campane, mezzogiorno. Diede gli ultimi colpi di vanga alla fossa e poi buttò l'attrezzo di lato.

Aveva già previsto di mangiare lì al cimitero, visto che il funerale era alle tre. Niente di che, la messa funebre alla cappelletta del camposanto, poi quattro scagnozzi che il Crozza ingaggiava con una mancia avrebbero portato la bara con la defunta per l'inumazione.

Il Crozza senior era lì in quel momento, stava sistemando il cadavere. Il Poncia, quando era arrivato, gli aveva chiesto se volesse fermarsi a mangiare con lui. Aveva il fiasco del vino e un avanzo abbondante di gallina a lesso.

«Io non so come fai a mangiare in mezzo ai morti», gli aveva risposto il Crozza.

Il Poncia stava succhiando l'osso di una coscia quando il Crozza entrò nel suo quartierino.

«T'è venuta fame?» chiese il soteramòrt.

«Lascia perdere», rispose il Crozza. «Piuttosto, guarda qui!»

Le unghie del Crozza erano nere e irregolari.

Fu la prima cosa che il Poncia notò.

Prima di passare a guardare la fotografia che il Crozza gli stava allungando.

«E be'?» fece poi.

Era una fotografia, niente di più.

«Guarda bene», gli disse il Crozza.

Il Poncia depose l'osso nella schiscetta dove metteva primo e secondo, si pulì le dita sui calzoni.

La fotografia era vecchia, ingiallita, aveva i margini frastagliati. Ritraeva tre persone, due donne e un uomo, sullo sfondo di quello che sembrava un giardino.

«Guarda la donna», disse il Crozza, «quella alla destra dell'uomo.»

Il Poncia guardò lui invece.

«Alla tua destra», specificò il Crozza.

«Chi ti sembra?» chiese subito dopo.

Il Poncia si avvicinò la fotografia agli occhi. Mentre guardava continuò a masticare.

Il Crozza fremeva.

Possibile che non la riconoscesse?

Lui e il soteramòrt avevano più o meno la stessa età, doveva per forza ricordarsela.

38.

L'acqua per la pasta era pronta. Quando la donna sentì aprire la porta di casa accese il fornello.

«Ho pensato di fare un po' di pasta al sugo», disse prima ancora che il marito entrasse in cucina.

«Andrà benissimo», rispose il maresciallo Riversi.

La tavola era apparecchiata.

«Il giornale dov'è?» chiese.

L'aveva appoggiato sul tavolo prima, quando era tornato da Monza.

«A proposito», disse la moglie.

Il giornale era di là.

Gli aveva dato un'occhiata aspettando l'ora di pranzo e l'aveva lasciato nel piccolo, ridicolo locale che lei chiamava salottino, poco più di un buco in realtà, dal perimetro irregolare, il cui unico pregio era una finestra da cui la vista poteva spaziare verso l'alto lago e godere l'intero panorama della piazza sottostante. Ogni volta che la donna ci entrava avvertiva un senso di precarietà, sognava il momento in cui lei e il marito avrebbero potuto andare ad abitare in un vero appartamento che desse loro lo spazio per mettere in pratica certi progetti, non ultimo quello di avere dei figli.

Il Riversi pensò che sua moglie volesse ritirare in ballo il discorso sul cambio di casa. Capitava sempre più spesso. Non era in vena di discussioni. Si sentiva pronto anche a saltare il pranzo, tornare in ufficio con una scusa.

«A proposito di cosa?» chiese il Riversi, pronto a scattare.

A proposito del giornale.

A proposito della pagina dei morti.

Morti vecchi e recenti, morti da un po' o appena da qualche giorno.

Anniversari, ricorrenze, ricordi.

Le fotografie, anche loro a volte recenti, a volte troppo distanti dall'età del morto.

39.

Era o no la suora?, aveva chiesto il Crozza.

«Che suora?» aveva ribattuto il Poncia.

«La suora storta, non te la ricordi?»

«Questa qui?» aveva obiettato il Poncia indicandola sulla fotografia.

Proprio quella lì.

Così, su due piedi... E poi era bella diritta non era storta come quella suora...

«Guardala bene in faccia, lascia perdere la schiena, va' fuori, alla luce», lo aveva invitato il Crozza.

Ma se non indossava nemmeno l'abito da suora!

E allora? Ci sarà ben stato un momento in cui non era ancora suora, non aveva ancora deciso di prendere i voti. Ecco, la fotografia doveva essere stata scattata in quel periodo!

Il soteramòrt s'era avvicinato e allontanato dagli occhi la fotografia un po' di volte.

«In effetti...» aveva detto alla fine.

Più che il viso che non riusciva a mettere a fuoco per bene nonostante fosse in piena luce, erano le parole, l'insistenza del Crozza a indurlo a credere che il pompe funebri avesse ragione.

«E gli altri chi sono?» aveva chiesto il Poncia tanto per deviare il discorso.

«Non ne ho la minima idea», aveva risposto il Crozza.

Poi il Poncia aveva lasciato cadere il braccio di lato sempre tenendo la fotografia tra le dita e s'era girato a guardare il Crozza che stava alle sue spalle.

Aveva esteso un po' il capo, socchiuso gli occhi.
«Ma dove l'hai trovata?» aveva chiesto.
«Nella tasca del vestito.»
Il vestito che la defunta aveva lasciato scritto di metterle per l'ultimo viaggio.

40.

La radio accesa in cucina, nell'aria il notiziario del *Gazzettino Padano*. La finestra aperta per far uscire il vapore della pasta appena scolata.

«Allora, ho indovinato?» chiese la moglie del Riversi.

Non aveva avuto nessuna idea di tirarle in ballo la storia di un nuovo appartamento, il maresciallo l'aveva compreso subito.

S'era seduto dopo aver fatto quella domanda.

«A proposito di cosa?»

A proposito del giornale.

«Me lo porteresti?» aveva chiesto il maresciallo.

E sua moglie aveva cominciato a giocare. Aveva finto di cercarlo e non trovarlo.

Non vorrei averlo buttato..., non mi hai detto che era importante..., in fin dei conti era solo un vecchio giornale...

Poi aveva capito che suo marito stava per cominciare a crederle. L'acqua bolliva, aveva calato la pasta, era andata a prendere il giornale che aveva nascosto sotto il cuscino di una poltroncina.

«Allora, ho indovinato?» chiese una volta che glielo ebbe consegnato.

La pagina dei morti.

L'occhio del Riversi cadde subito lì, dentro al cerchio disegnato con una matita rossa.

Su quella scritta, anniversario.

Su quelle date, 2 febbraio 1896, 25 aprile 1969.

La foto era di almeno dieci anni precedente l'età del defunto che veniva ricordato con affetto dal figlio, dal nipotino e dalla nuora.

«Allora ho indovinato?»

La donna stava scolando la pasta adesso, il maresciallo si distese sulla sedia.

«Non lo so», rispose.

«Io credo di sì», ribatté la moglie.

41.

Il Saila era uno di quelli.
Di quelli che il Crozza ingaggiava con una mancia per fare il portantino ai funerali. Spesso ci pensava lui a reperire le altre spalle.
Lo disse anche al Sisto.
Una volta tornato da Monza, il Sisto l'aveva avvisato che la macchina era tornata a disposizione.
«Be'», gli disse il Saila, «visto che allora non hai un cazzo da fare...»
Se voleva mettersi in tasca due soldi...
Il Sisto aspettò un po' prima di rispondere.
«Dai», insisté il Saila, «tanto ci sbrighiamo in mezz'oretta.»
Chi voleva che ci andasse al funerale di una che nessuno conosceva?
Tutto sommato si trattava di portare la bara per un centinaio di metri, non di più. Mica lo facevano in chiesa grande il funerale, non c'era di mezzo la scalinata che dalla piazza saliva fino al cimitero.
Non c'era il rischio che gli succedesse quello che era capitato al funerale del Scatòn.
«Neh, sega!» gli disse il Saila, battendogli una mano sulla spalla e mettendosi a ridere.
«Ti ricordi?»
Che a metà della scalinata, proprio davanti all'ingresso dell'Orrido, avevano dovuto sostituirlo perché sennò andava in terra e magari il meccanico saltava fuori dalla cassa?

42.

Uscito dall'ospedale, il Scatòn non era più quello di prima.

Innanzitutto parlava.

Poco, ma era tanto, troppo, rispetto ai silenzi di prima.

E poi faceva lo spiritoso.

Diceva che i dottori gli avevano detto che la sua malattia era dovuta a una mancanza di ferro.

Con tutto il ferro che c'è in giro qui in officina, diceva ridendo. Ma anche il ridere gli veniva male perché non era abituato.

Alcune mattine arrivava con un quarto d'ora, venti minuti di ritardo. Il Sisto lo aspettava seduto su un gradino, fuori dal portone dell'officina.

Dopo quelle mattine, per due, tre giorni il Scatòn tornava a essere quello di una volta, silenzioso, quasi brusco.

Alla fine il Sisto aveva capito perché. Glielo aveva detto lo stesso meccanico, una sera, dopo il lavoro, quando l'aveva fermato e gli aveva consegnato le chiavi dell'officina.

«Domani devo ricoverarmi ancora per via del ferro», gli aveva spiegato.

Gli esami che faceva con regolarità si erano sballati un'altra volta.

«Apri te fino a che non torno.»

Il Sisto non aveva fatto come l'altra volta. Aveva lasciato passare due o tre giorni e poi era andato a trovare il meccanico.

«Cosa fai qui?» gli aveva chiesto il Scatòn.

Per stare dentro gli orari di visita il Sisto aveva dovuto chiudere una mezz'ora prima. Era diventato un po' rosso per via del tono del meccanico che però l'aveva ammorbidito subito.

«Come va in officina?»

Giorno sì giorno no, il Sisto era andato a trovarlo. Stava in piedi davanti al letto, non sapeva cosa fare delle mani, guardava il naso del meccanico che da una volta all'altra sembrava diventare sempre più lungo, affilato. Un paio di volte aveva incrociato anche la suora della prima volta, quella tutta storta che l'aveva fatto passare anche se era fuori orario di visita.

L'aveva incontrata, anzi, l'aveva cercata e poi l'aveva trovata, la sera in cui era entrato in camera del meccanico e aveva trovato il letto vuoto.

43.

Il maresciallo Riversi lasciò che il tramillalarillallero della bella Gigogin riempisse fino alla fine della sigla il silenzio della cucina. La moglie gli aveva messo sotto il naso il piatto con la pasta.

Intanto stava parlando, spiegando.

«Non che ci volesse un fiuto da segugio per capire che quel giornale doveva contenere qualcosa che ti interessava in particolare.»

Era andato a Monza apposta per dare un'occhiata alla casa di quella donna e l'unica cosa che aveva suscitato il suo interesse era stato quel giornale.

Giusto o no?

E sapendo, come lei sapeva, che gli era suonato strano, perlomeno singolare, che una donna anziana, residente a Monza, fosse abbonata a un quotidiano che riportava solo notizie della provincia di Como, anche lei s'era incuriosita.

«Non avevo più niente da fare qui in casa.»

Aveva passato un'oretta spulciando il quotidiano, una pagina dopo l'altra, in attesa che lui salisse per pranzo.

Di cose che riguardassero Bellano niente, a parte quella cerchiata con la matita rossa: il ricordo del notaio Leone Agliati, morto il 25 aprile dell'anno prima, a nome del figlio Aurelio, del nipote Michele e della nuora Fabiana.

«Allora», fece la moglie del Riversi, «ho indovinato o no?»

«Non lo so», rispose ancora il maresciallo tra i fumi della pasta, lo sguardo fisso sulla fotografia.

Poteva davvero voler dire qualcosa?

E ammesso che ci fosse un legame tra la donna e il notaio, ipotesi peraltro assai ardita, cos'era andata a fare al cimitero a poco più di un anno dalla sua morte, cos'era andata a cercare visto che del notaio lì c'era solo la sua foto sulla lapide?

Perché, per quanto l'avessero cercato, non si era mai riusciti a trovare il corpo dopo la sera dell'incidente.

44.

Nessuno sapeva dove fosse finito il meccanico.

Il Sisto, dopo essere rimasto lì un po', fermo impalato a guardare il letto vuoto e a chiedersi cosa fare, era uscito dalla camera e ne aveva chieste notizie a una donna che era ricoverata nella camera di fronte. Nell'infermeria non aveva trovato nessuno a cui chiedere. Sulle scale aveva incrociato un medico che scendeva dal piano superiore.

«Non lo so», aveva risposto anche lui. Era un chirurgo, lavorava in un altro reparto.

Al centralino c'era uno che stava mangiando un panino. Senza smettere di mordere e masticare aveva ascoltato la sua richiesta.

Il Sisto non aveva la minima idea di come si chiamasse quella suora. L'aveva descritta cercando di non insistere sulla deformità della sua schiena ma quello, staccando con un morso un bel tocco di pane e salame, gli aveva risposto senza alcun ritegno.

«La suora storta.»

Bene, a quell'ora, se non aveva niente da fare in reparto, se ne andava di sotto in lavanderia a dare una mano oppure filava nella cappelletta a pregare.

«Forse spera in un miracolo che le raddrizzi la schiena», aveva detto il centralinista ridendo col boccone mezzo masticato in bocca. Oppure, aveva aggiunto, aveva qualche peccato grosso da farsi perdonare.

Sta di fatto che la suora storta non stava mai ferma.

Quando la chiamavano e bisognava cercarla, c'era da diventare matti.

Doveva sempre fare qualcosa.

Sembrava che qualcuno l'avesse condannata ai lavori forzati.

45.

Il Poncia stava raccontando al Crozza che gli era capitato di trovare di tutto dentro le bare dopo le esumazioni.

Un coltello da cucina, un pacchetto di sigarette tutto disfatto, i dadi da gioco, la medaglietta d'argento di una gara di pesca, un calendarietto da barbiere...

«Chissà cosa c'ha in testa certa gente», disse.

Si erano spostati, erano andati a sedere sui gradini che stavano sotto la fila delle cappelle di lato alla chiesetta del cimitero.

Il sole scaldava, erano quasi le due, lì c'era ombra.

«Butto sempre via tutto.»

Le robe che toccavano i morti, anche se preziose, come la volta che aveva trovato una fede nuziale di oro puro, secondo lui portavano male.

«Se ci sono i parenti invece, e se le vogliono, se le portano via loro», aggiunse.

Il discorso era cominciato a partire dalla fotografia.

Stante l'insistenza del Crozza, il soteramòrt alla fine aveva detto di riconoscere in quella giovane donna vestita con abiti borghesi la suora storta. Ma non ne era del tutto convinto. Poi, visto che aveva ancora tra le dita la foto, aveva fatto la mossa di buttarla in un secchio della spazzatura.

«Ma cosa stai facendo?» l'aveva ripreso il Crozza.

Cosa voleva che facesse?, aveva ribattuto il Poncia.

La buttava via, no?

Se la voleva portare a casa lui?

La voleva rimettere nella tasca del vestito della donna?
«Nessuna delle due», aveva risposto il Crozza.
La teneva da parte nel caso si fosse fatto vivo qualche parente.
«Ma se non ha nessuno», aveva obiettato il Poncia.
«Chi te lo dice, chi lo sa?» aveva chiesto il Crozza.
In ogni caso era cosa che riguardava lui e l'etica del suo mestiere.
Più di una volta, mentre ricomponeva i morti, li rivestiva, gli era capitato di trovare cose, a volte preziose.
«Medagliette, catenine, braccialetti. Una volta una catena d'oro che la defunta portava intorno alla vita.»
Aveva sempre consegnato tutto anche se gli sarebbe venuto facile mettere in tasca e via. Considerando che con la gente, coi vivi, non si sa mai.
«Magari qualcuno voleva mettermi alla prova», aveva affermato il Crozza.
«E te credi che prima o poi qualcuno salti fuori a chiederti di quella fotografia?» aveva chiesto il soteramòrt.
«Non è quella la questione», aveva risposto il Crozza.
Una fotografia, un anello, un braccialetto...
«Sono la stessa cosa. Non è roba mia», aveva chiuso.
Poi s'erano avviati verso la zona in ombra e, una volta seduti, il Poncia aveva cominciato a raccontare dei ritrovamenti che erano capitati a lui facendo quel lavoro.

46.

La suora storta stava pregando nella cappelletta dell'ospedale. Il Sisto, seguendo le indicazioni del centralinista, aveva sbirciato dentro e l'aveva vista. Era sola, inginocchiata nel terzo banco.

In quella posizione sembrava ancora più piccola, ancora più storta, il Sisto aveva avuto l'impressione che fosse sempre lì per cadere di lato. L'aveva aspettata appoggiato al muro del corridoio che portava alla cappella. Non se l'era sentita di entrare: l'ospedale, con l'odore di alcol nell'aria, più la cappelletta, con quello di incenso che gli solleticava le narici, gli davano una sensazione di morte. Il pensiero che il meccanico fosse morto l'aveva sfiorato.

Dopo un po' la suora storta era uscita e s'era avviata lungo il corridoio a capo chino. Non s'era accorta di lui, stava passando oltre. Il Sisto sulle prime non aveva saputo cosa fare. Poi aveva fatto la cosa più banale, s'era inserito nel silenzio del corridoio con un paio di colpi di tosse grazie ai quali la suora s'era fermata e poi girata.

Difficile da spiegare, ma in quel momento il Sisto aveva avvertito una cosa simile alla paura.

La suora storta aveva fatto due passi verso di lui, l'aveva guardato, poi aveva di nuovo chinato il capo. Il suo viso era sparito dentro l'ombra del velo. Le sue mani erano nascoste dentro le maniche della veste. Di lei non si vedeva più niente. Esisteva solo come voce che sembrava uscire dall'abito che indossava.

«Ancora fuori orario», aveva detto.

Il Sisto aveva borbottato delle scuse senza riuscire a staccarsi dal muro del corridoio.

La suora, o meglio, la sua voce, l'aveva aggiornato.

Il Scatòn era stato mandato a Milano in ambulanza quella mattina stessa per fare degli esami particolari che lì non era possibile eseguire. Non sapeva dirgli quando sarebbe tornato e comunque non si sarebbe trattato che di un paio di giorni, forse tre.

Quasi per riflesso anche il Sisto l'aveva ascoltata a capo chino, guardandosi la punta delle scarpe.

L'aveva ringraziata. Era stato lì per allungare la mano ma l'aveva trattenuta. Non sapeva se a una donna, a una suora soprattutto si potesse dare la mano.

Era stata la suora storta a farlo. Aveva tirato fuori la mano dalla manica della veste, gliel'aveva tesa. Senza guardarlo, sempre col viso nascosto nell'ombra del velo, aveva allungato il braccio verso di lui, offrendogli la mano con il palmo rivolto verso l'alto, come se non sapesse come ci si stringono le mani. Il Sisto aveva esitato. Fosse stata un'altra persona si sarebbe negato, gli sembrava brutto porgere quella mano difettosa. Invece aveva allungato anche lui la destra e non aveva potuto fare altro che appoggiarla sul palmo della suora storta.

Dopo un istante, la suora aveva appoggiato anche la sinistra serrandogli la mano come a volerla proteggere.

Al Sisto era sembrato che tutto fosse durato un'eternità. Il tempo aveva ripreso a scorrere con normalità quando la voce della suora aveva interrotto il silenzio.

Gli aveva detto che l'avevano trasferita, di lì a pochi giorni doveva partire.

«Pregherò per il suo amico.»

47.

Era uno dei tormentoni del Manina.

Da quando se l'era inventato, all'alba della loro amicizia. Non c'era stato verso di convincere il Manina a smetterla di tirar fuori quella menata a ogni piè sospinto. Anche in pubblico, come quella sera in cui avevano cenato all'osteria del Ponte e dopo una serie infinita di grappe e di cognac il Manina s'era messo a gridarlo facendo crepare dal ridere i presenti e dalla vergogna lui.

La questione dei centimetri, la chiamava quella testa di cazzo.

Centimetri che il creatore gli aveva sottratto facendolo nascere senza il mignolo della mano destra ma per aggiungerglieli in mezzo alle gambe

«Ce l'hai come quello dei negri», rideva il Manina, «se le donne lo sanno non ti lasciano più in pace!»

Il Sisto invece s'era sempre vergognato, s'era sempre incazzato col Manina, non tanto per lo scherzo sulle dimensioni del pisello quanto perché così facendo istigava la curiosità su quel piccolo difetto che, potendo, avrebbe pagato pur di nascondere.

48.

«Ma sì», disse il Sisto rispondendo alla proposta del Saila.

Non era proprio il caso di rifiutare l'occasione per mettere in tasca qualche lira.

Si misero d'accordo per salire insieme, loro con gli altri due che avrebbero completato la squadra.

«Due e un quarto qui», disse il Saila.

Il Sisto si mise le mani in tasca, salutò e se ne andò. Ormai era quasi l'una ma non aveva fame.

L'aveva, ma gli era passata pensando a quello che aveva accettato di fare. La chiacchierata col Saila gli aveva rinfrescato il ricordo di quello che era successo, quella cazzo di scivolata sulla scalinata che saliva dalla chiesa al cimitero il giorno del funerale del Scatòn. Se non ci fosse stato uno, lì dietro, pronto a scattare e a tenere lui con una mano sulla schiena e con l'altra la bara che stava scivolando all'indietro sarebbe successo un bel disastro.

Colpa delle scarpe nuove che aveva acquistato apposta per il funerale del meccanico, come il vestito scuro, nuovo anche quello, che aveva indossato quel pomeriggio e poi appeso nell'armadio senza mai più indossarlo o anche solo tirarlo fuori per fargli prendere un po' di aria.

Tre anni prima ormai.

49.

Era poco.

Troppo poco.

L'aveva detto anche a sua moglie il maresciallo Riversi.

«Troppo poco per affermare che esista una connessione certa tra quella donna e il paese e quindi la possibilità di reperire un parente e informarlo dell'accaduto.»

«È tutto quello che abbiamo», aveva risposto la moglie sorridendo per l'uso che aveva fatto del noi.

«Poco ma meglio di niente però», aveva osservato il marito alzandosi da tavola con la tazzina del caffè tra le dita.

Abbastanza per sospettare che un legame ci poteva essere, non si poteva escluderlo.

«Va' a chiederlo al figlio del notaio», aveva suggerito la donna, «se c'è qualcuno che può saperlo è lui.»

Il maresciallo Riversi aveva guardato sua moglie senza rispondere.

Era venuto in mente anche a lui, subito. Anche a lui era sembrata la cosa più logica. Ma le cose che gli aveva raccontato il dottore l'avevano trattenuto.

Aveva a che fare con una donna dal passato misterioso, forse equivoco.

Da una parte.

E dall'altra, con uno degli uomini più alteri che mai gli era capitato di conoscere, se mai poteva dire di conoscerlo, perché il figlio del defunto notaio, Aurelio Agliati, l'avvocato Agliati, condivideva col resto dei bellanesi giusto l'aria da respirare. Per il resto, pur abitando a Bellano nella villa che aveva ereditato dal padre, conduceva una vita che con il paese aveva ben poco a che fare, o niente del tutto.

Lo studio, uno dei più rinomati della provincia di Como, era a Lecco e, a quanto aveva sentito dire il maresciallo, oltre ad aver ereditato la danarosa clientela paterna si era ulteriormente arricchito di clienti anche svizzeri, grazie all'abilità e alla rete di conoscenze dell'Agliati junior.

Erano proprio quelle, le conoscenze dell'Agliati, che avevano messo un freno alla sua curiosità, che gli consigliavano di muoversi con i piedi di piombo onde evitare di schiacciare qualche callo pagandone care le conseguenze.

Il Riversi non si era voluto umiliare davanti alla moglie, aveva tenuto per sé il timore che gli incuteva il figlio del defunto notaio Leone.

Tuttavia era così e riteneva di non sbagliare pensando che il cinquantaseienne Aurelio Agliati avesse le mani in pasta dappertutto e fosse in grado di muovere pedine importanti.

Se n'era convinto, pur non avendone le prove, nel novembre di due anni prima. Esattamente la notte tra il 12 e il 13 novembre mentre, di pattuglia, stava rientrando in caserma. Erano all'incirca le tre del mattino e all'altezza della località Garzetta, tra i comuni di Dorio e Dervio, aveva visto levarsi fiamme dalla segheria Nembo. Nel giro di poco tempo le fiamme erano divampate, i Vigili del Fuoco, che aveva immediatamente avvisato, avevano potuto fare ben poco. Il Riversi non s'era mosso dal posto, dando una mano ai colleghi della stradale nel regolare il traffico, poiché il fumo aveva invaso la Statale. Solo alle prime luci dell'alba la situazione era tornata alla normalità. La segheria era completamente distrutta. Il comandante dei Vigili era andato in caserma con il maresciallo.

Gli aveva confessato di avere forti dubbi circa la dolosità dell'incendio. Il Riversi s'era trattenuto dal dire che già da tempo aveva raccolto voci sulla precaria situazione economica del proprietario della segheria, affezionato cliente del casinò di Campione.

Tuttavia la faccenda s'era risolta nel migliore dei modi. Il proprietario della segheria era stato rimborsato dall'assicurazione, il terreno era stato venduto a una società edile: a curare la causa e la successiva transazione, lo studio Agliati. Meno bene erano andate le cose per il comandante Lenoci dei Vigili del Fuoco che poco dopo la conclusione del processo era stato trasferito.

«Dovevo immaginarlo con quello di mezzo», gli aveva detto il Lenoci riferendosi all'Agliati junior il giorno in cui era passato, vestito in borghese e dimesso come se fosse già in pensione, per salutarlo.

Il Riversi non aveva chiesto particolari, il Lenoci non gli aveva detto altro.

«Stacci all'occhio, può diventare pericoloso», aveva aggiunto a mo' di saluto.

50.

Quando si erano salutati, il Sisto non immaginava che il trasferimento di quella suora storta fosse così imminente.

Prima di ritornare in ospedale aveva lasciato passare tre, quattro giorni. Voleva evitare di entrare in quella camera, trovare il letto vuoto, patire l'impressione che aveva avuto la volta precedente, come se il meccanico fosse morto. C'era ritornato a colpo sicuro, dopo aver chiesto alla sorella notizie del Scatòn. E c'era andato di sera, dopo l'orario di visita, perché aveva avuto una giornata bella piena. Tanto era sicuro che la suora storta l'avrebbe fatto passare com'era già accaduto. Al centralinista aveva chiesto dove fosse. Quello s'era tolto gli occhiali appoggiati sul naso, deposto la matita con la quale stava compilando un cruciverba.

«Non c'è», aveva risposto.

«E dov'è?» aveva insistito.

«Non lo so, non c'è più, è andata via, trasferita», aveva risposto quello tornando subito a occuparsi della «Settimana Enigmistica».

Il Sisto era rimasto lì, davanti al vetro, guardando il centralinista che masticava la matita.

«Quindi non posso salire?» aveva detto.

Il centralinista gli aveva risposto scuotendo il capo.

Il Sisto era uscito, le mani in tasca, si era fermato a metà della scalinata che portava all'ingresso. S'era girato a guardare verso le finestre dei reparti, caso mai il Scatòn fosse lì, almeno per dargli un saluto.

Era una sera di settembre, il cielo ancora luminoso, un profondo odore di lago nell'aria.

51.

Una volta sceso nel suo ufficio il maresciallo Riversi si guardò intorno restando in piedi. Sentiva un peso sullo stomaco, la pasta mangiata solo a metà, di fretta, mal digerita. La finestra chiusa lo opprimeva, l'aprì ma fu lo stesso. Sapeva che era il pensiero di quella donna su al cimitero che aspettava di essere messa sottoterra. Certamente non era venuta a Bellano con il proposito di morirci. Ma un motivo l'aveva certamente avuto, e preciso se aveva voluto farsi portare al cimitero.

Visitare qualche defunto?

Qualche lontano parente?

Magari quello stesso figlio che secondo il dottore aveva avuto, un figlio morto giovane...

E se il figlio, si chiese, ammesso che ci fosse, fosse vivo invece, magari lontano da lì, magari all'estero?

Se in quello stesso momento stesse cercando di digerire, tale e quale a lui, una pasta mangiata di fretta, con in testa come lui un pensiero che lo ossessionava, senza immaginare che sua madre stava per essere accompagnata alla tomba con uno squallido funerale cui avrebbero partecipato poche persone del tutto indifferenti o quasi?

Poi c'era la foto sul giornale, quel cerchio rosso che diceva con chiarezza che quel morto che nessuno aveva sottratto alle acque del lago dentro il quale era finito poco più di un anno prima, quel morto era in qualche modo diverso dagli altri.

Forse, rifletté il Riversi, per capirne qualcosa di più sarebbe stato importante sapere cosa quella donna andava a cercare al cimitero. Per quanto ne sapeva lui poteva esserci già stata un sacco di volte, sebbene secondo il Sisto non fosse così. E se c'era qualcuno che poteva averla vista e aver notato qualcosa di interessante, quello era il soteramòrt che passava più tempo lì che a casa sua.

Il maresciallo decise.

«Io esco e tornerò fra un'oretta», disse al carabiniere Volaventi.

Non specificò che saliva verso il cimitero.

Uscì dalla caserma, udì prima la voce che lo invitava.

«Caffè maresciallo?»

Si girò e un pensiero lo fulminò.

52.

Per un paio di giorni il Sisto non era riuscito a chiudere in tempo per fare una scappata in ospedale. Poi una mattina sul mezzogiorno si era presentata in officina la sorella del Scatòn. Era vestita da casa e il Sisto le aveva sentito intorno odore di ragù.

«Mio fratello è tornato», aveva detto.

Aveva aggiunto che se voleva andare a trovarlo poteva passare quando voleva.

«Sta bene adesso?» aveva chiesto il Sisto.

A Milano cosa avevano concluso, cosa gli avevano detto?

Gli avevano detto, aveva risposto la donna, che aveva bisogno di riposo, di mangiare come si deve, di andare avanti col ferro.

«Tutte balle», aveva aggiunto poi la sorella.

Tutte balle che avevano detto a lui, gliele avevano anche scritte su una lettera tanto per dargli il contentino.

«Per lui non c'è più niente da fare.»

La sorella del Scatòn aveva parlato facendo girare lo sguardo in giro per l'officina e quel gesto per il Sisto era stato peggio che se si fosse messa a piangere.

«Ma in officina ci viene ancora?» aveva chiesto.

«Se se la sente sì», aveva risposto la sorella.

Il meccanico aveva cominciato a farsi vedere dopo un paio di settimane. In quell'arco di tempo il Sisto era passato a trovarlo quasi tutte le sere. Era riuscito a guardarlo poco in faccia, quel naso sempre più lungo soprattutto. Aveva imparato a memoria il quadro della madonna che stava sopra la testiera del letto. Le prime volte che il Scatòn era tornato in officina al Sisto sembrava di vederglielo ancora sopra la testa, un po' storto.

Il Scatòn lavorava fino a che il fiato glielo permetteva. Perlopiù stava nel gabbiotto dove teneva i registri e faceva i conti. Quando si mostrava a lui o ai clienti faceva l'allegro.

Troppo allegro per essere vero.

53.

È vero!, sbottò tra sé il Riversi.

Gli era bastato girarsi e vedere chi l'aveva invitato a bere un caffè. Bastò vedere il corrispondente locale della «Provincia» per ricordare quel 25 aprile di poco più di un anno prima. Quella notte, soprattutto, quando, poco prima dell'una, l'avevano chiamato per l'incidente in cui aveva perso la vita il notaio Agliati. Era accaduto tra Varenna e Lierna, per pochi metri dentro il territorio di sua competenza. L'aveva avvisato l'autista del camion, un valtellinese pelato che balbettava tant'era lo spavento che s'era preso, che aveva visto la Lancia Fulvia del notaio sbandare all'improvviso, invadere la corsia opposta, abbattere il muretto e finire nel lago. Il Riversi era rimasto sul luogo dell'incidente fino alle prime luci dell'alba, chiacchierando col comandante dei Vigili del Fuoco che era arrivato da Lecco, guardando i mezzi di soccorso che stavano cercando eventuali tracce del corpo esplorando la superficie del lago. Quand'era rientrato in caserma aveva trovato ad attenderlo il figlio del notaio.

Era già informato dell'incidente.

«È lui?» aveva chiesto impassibile.

Aveva spiegato, ma come se dettasse qualcosa, che suo padre era uscito la sera precedente per recarsi a Lecco al circolo del bridge di cui era socio.

«Uscendo presto come mio solito non ho visto la sua macchina nel garage.»

Aveva telefonato a Lecco a un amico di famiglia che gli

aveva detto che il genitore aveva lasciato la compagnia verso mezzanotte dicendo di essere stanco, di voler tornare a casa.

«La macchina sembra essere la sua», aveva detto il Riversi.

Poco dopo averlo salutato con una stretta di mano formale, il maresciallo era sceso al bar per bere un caffè. Non aveva voluto salire in casa e svegliare la moglie. Era lì che aveva incontrato il corrispondente della «Provincia».

«Notiziona eh?» aveva detto quando quello gli aveva chiesto conferma dell'incidente.

«Sì», aveva confermato. «Peccato però.»

Peccato che dal giorno prima e per chissà quanto tempo ancora i tipografici del giornale fossero in sciopero.

"È vero", ripeté adesso tra sé il Riversi, sotto gli occhi del giornalista che non si rendeva conto del perché il maresciallo lo guardasse così, imbambolato come se non lo vedesse.

Quando il giornale aveva ripreso a uscire, la morte del notaio Agliati era una notizia già vecchia, il necrologio non aveva più senso e forse la famiglia l'aveva giudicato ormai inutile.

«Grazie ma vado di fretta», rispose il Riversi all'invito del giornalista.

Che il caso avesse voluto dargli una mano?

Quello stesso caso che aveva decretato la morte del notaio la notte del 25 aprile, una data che, secondo quanto gli aveva riferito il giornalista, l'Agliati senior non amava per niente considerato il suo passato?

54.

Le cose poi erano andate a passo di corsa.

L'unico a non rendersene conto, o forse a fare finta, era stato proprio il meccanico, che nonostante il pallore, la magrezza, la fatica sempre più evidente nel respirare non aveva voluto mollare, era sempre andato in officina, anche solo al pomeriggio, anche solo per stare nel suo gabbiotto a fare conti o passare fatture. Ma più di una volta il Sisto, quando era ben certo di non farsi beccare, l'aveva spiato. Faceva un po' di rumori per dare a intendere che stesse lavorando perché sennò il Scatòn sarebbe uscito a vedere. Invece così l'aveva sorpreso più di una volta con lo sguardo perso nel vuoto a guardare oltre il vetro appannato del gabbiotto.

Poi un pomeriggio il meccanico non s'era fatto vivo e nemmeno quello dopo. Allora il Sisto era andato a casa per vedere se era successo qualcosa e la sorella l'aveva informato che aveva dovuto ricoverarlo.

Dall'ospedale il Scatòn era uscito solo per andare al cimitero. Non era tornato a casa sua nemmeno da morto. Abitava in contrada, in una casa vecchia di scale anguste. Il Crozza aveva detto che allestire lì la camera ardente sarebbe stato un bel traffico. Oltretutto era anche al secondo piano. La sorella aveva optato per farlo mettere nella chiesetta di Santa Marta. Al funerale c'era stata un sacco di gente. Il Sisto aveva insistito per essere uno dei quattro che l'avrebbero portato a spalle fino su al cimitero ed era successo quello che si sapeva, che in tanti avevano visto, che il Saila ogni tanto si divertiva a tirar fuori.

Solo la mattina seguente il Sisto si era chiesto cosa fare, aprire l'officina o lasciarla chiusa. La sorella del Scatòn gli aveva detto di aprirla, anche se non sapeva niente degli affari di suo fratello.

Il Sisto aveva obbedito. Tre giorni dopo, alla mattina, sulla soglia dell'officina si era presentato il geometra Carletto Magnetti.

55.

Il signor prevosto sarebbe sicuramente stato in grado di confermargli che quella nella fotografia era la suora storta, anche se non era ancora storta, anche se non era ancora suora.

Fu questo il pensiero del Crozza quando il sacerdote comparve facendo prendere sia a lui sia al Poncia un mezzo spavento. Era sceso dall'ingresso superiore del cimitero, l'aveva accompagnato in macchina il sacrista ed era entrato nella cappelletta da una porticina laterale per controllare che tutto fosse a posto. Poi era uscito presentandosi ai due che erano ancora seduti e l'avevano guardato come se fosse sbucato fuori da qualche tomba.

Il Riversi invece entrò nel camposanto dall'ingresso inferiore, aveva fatto la scalinata. Entrò, si fermò guardandosi in giro e togliendosi il cappello per asciugarsi il sudore della fronte. Al Crozza venne subito il dubbio che il maresciallo fosse lì per una buona ragione.

«Anche lei qui maresciallo?» fece don Cantoni esprimendo i dubbi di tutti.

Il Riversi non era uno tanto di chiesa, se lo ricordava giusto nelle occasioni come il quattro novembre e ricorrenze analoghe.

Il Crozza fu lì per tirar fuori la fotografia ma il vociare dei quattro portantini lo frenò. Entrarono anche loro da sotto, davanti il Saila con gli altri due, dietro il Sisto.

«Eccoci dunque», disse il prevosto. «Visto che ci siamo tutti cerchiamo di fare le cose per bene e di dare una degna sepoltura a questa poveretta.»

La messa funebre fu breve, celebrata quasi sottovoce dal prevosto, nello splendore della luce che entrava da due finestrelle laterali. Al posto di un ricordo della defunta il sacerdote chiese un momento di riflessione e preghiera. Durante il trasporto della bara verso la parte alta del cimitero, quella più recente, dove il Poncia aveva predisposto la fossa, il Sisto guardò le ombre che il piccolo corteo proiettava sui corridoi che delimitavano i vari settori del camposanto. Fu l'ultimo a gettare una manata di terra sul coperchio della bara, seguendo l'esempio degli altri. Se ne andò insieme col Saila e gli altri due mentre don Cantoni si avvicinò al maresciallo.

«È strano vederla qui», disse. «C'è per caso qualche novità, qualche parente di questa poveretta si è fatto vivo?»

Il Riversi scosse il capo.

«Veramente no, non c'è nessuna novità», rispose.

«Io vado se non avete bisogno di me», interloquì il soteramòrt.

Aveva giusto buttato due palate di terra sulla bara.

«Finisco dopo», disse vedendo gli sguardi di maresciallo e prevosto che s'erano diretti verso la fossa.

Spiegò che aspettava che il sole calasse un po'.

«D'accordo», disse il maresciallo, tornando a rivolgersi a don Cantoni.

«Le dicevo...» ma si interruppe.

Guardò il Crozza.

«Anche lei, se non ha più niente da fare, può andare.»

Il Crozza abbozzò.

«Veramente avrei bisogno di un momento solo del signor prevosto», disse.

«Che c'è?» chiese il sacerdote.

«Volevo mostrarle una cosa», spiegò il Crozza, prendendo la fotografia dalla tasca della giacca.

Si avvicinò ai due girando intorno al monticciolo di terra che aspettava il badile del Poncia.

«Secondo lei questa è o no quella che tutti chiamavano la suora storta?» chiese cedendo la fotografia al prevosto.

«Senza occhiali...» borbottò il sacerdote scrutando la foto.

Poi l'avvicinò agli occhi.

«Dove l'ha trovata?» chiese guardando in viso il Crozza.

Quella, sì, poteva essere la suora storta.

Ma sicuramente quello che stava vicino a lei, tra lei e quell'altra della foto, era il figlio del notaio Agliati.

56.

Il Magnetti era entrato, aveva fatto due passi nell'officina e s'era fermato.

«C'è nessuno?»

Il Sisto era saltato fuori da sotto una macchina tenendo in mano una chiave del sedici.

«Ah, sei te!» era sbottato il Magnetti.

Sapeva che non era il momento, aveva esordito.

«So che non è il momento ma d'altronde certe cose è meglio metterle subito in chiaro», aveva detto.

E poi il Sisto non era neanche parente, o no?

Be', per farla corta, la situazione era quella.

«Che il Scatòn l'affitto...»

Il Sisto non aveva parlato, l'aveva fatto l'espressione del suo viso.

Il Magnetti s'era accorto.

«Era in affitto, non lo sapevi?» aveva chiesto.

Il meccanico non gli aveva mai parlato dei suoi affari, il Sisto non s'era mai chiesto niente.

«Va be', lo sai adesso», aveva continuato il Magnetti, «era in affitto. Il capannone è mio.»

L'affitto era pagato fino a fine anno.

«Totale», era sbottato il Magnetti, le mani in tasca, sollevandosi sulla punta dei piedi.

Aveva una proposta.

«Io, per me, se te vuoi andare avanti non mi cambia niente, basta che qualcuno mi paghi l'affitto.»

Ma sennò, se il Sisto non voleva continuare, doveva fargli la cortesia di dirglielo in fretta, perché aveva proposte per il capannone, c'era uno che voleva mettere su una specie di piccolo supermercato e stava cercando lo spazio ideale. Era anche pronto a restituire i soldi dell'affitto che il Scatòn aveva già versato.

Il Sisto l'aveva guardato.

«Adesso?» aveva chiesto.

Lì, su due piedi, subito doveva dargli la risposta?

Il Magnetti avrebbe preferito così, andare via con una risposta precisa.

«Va be', pigliati un po' di tempo per pensarci, mica tanto però. Ripasso io», aveva concesso.

Il Sisto era rimasto impalato, con la chiave del sedici sempre in mano mentre il Magnetti andava via. Poi s'era guardato intorno.

57.

«La tenga lei», disse il Crozza.

La fotografia era ancora nelle mani di don Cantoni.

«Io?» chiese il sacerdote. «E perché?»

Fece per restituirla al Crozza.

«La terrei io se non vi dispiace», interloquì il Riversi.

«Per me...» fece il Crozza.

L'importante era sapere chi se la fosse tenuta, nel caso si facesse vivo qualche parente della defunta.

Poi si avviarono.

Il prevosto prese per l'uscita inferiore.

«In discesa vanno anche i sassi», disse sorridendo.

Il Riversi gli si mise al fianco, adattando il passo al suo. Aveva domande, ma attese che fossero oltre il cancello del cimitero. Ancora a metà della scalinata che dava accesso all'ingresso, il sacerdote si fermò.

«Mi dica», fece rivolto al maresciallo.

Il Riversi sorrise.

«È così evidente?» chiese.

«Non si sarebbe appropriato della foto altrimenti», ragionò don Cantoni.

«Non saprei...» lasciò in sospeso il maresciallo.

Non sapeva da dove cominciare.

Quella foto per lui era un mistero.

I tre soggetti ritratti erano un mistero.

Mai avrebbe immaginato che l'uomo fosse il figlio del defunto notaio Agliati.

«Di questa suora storta poi è la prima volta che sento parlare, e mi fa anche un po' ridere.»

Per quanto riguardava l'altra ragazza ritratta, aveva concluso che, dati gli elementi di somiglianza con la foto sulla carta d'identità di Vera Marzorati, non potevano esserci molti dubbi: si trattava della donna morta nel tassì.

«Giusto?» chiese.

Il sacerdote levò uno sguardo al cielo, il cielo pulito dentro il quale a volte riusciva ancora a trovare alcuni pensieri di quando era bambino.

«Da dove vuole cominciare?» chiese.

58.

Pochi giorni dopo la visita del Magnetti era successo che si era fatto vivo il proprietario di una Lancia Fulvia GTE, uno spettacolo di macchina con un problema al blocco del cambio.

Quando l'aveva portata per chiedere se lì fossero in grado di sistemarlo il Scatòn era ormai sottoterra da qualche giorno, i fiori del suo funerale appassiti.

Ci fosse stato avrebbe rifiutato. Non amava quelle macchine e nemmeno i fighetta come quello che la mettevano giù spessa facendo pesare che avevano i soldi.

Il Sisto invece l'aveva presa, aveva detto sì, sapeva come fare. Si era convinto un po' pensando al meccanico, un pensiero confuso tra magone e orgoglio, e un po' guardando la faccia di merda del proprietario della Lancia che sembrava aspettare una risposta negativa per poter dire figurarsi!

L'aveva presa e aveva sistemato il guaio, lavorando due notti di fila e anche provando quel mostro di macchina sulle strade buie che salivano verso la Valsassina.

Quando il proprietario si era ripresentato per vedere se c'erano notizie della sua macchina – aveva detto proprio così, sorridendo: «Ci sono notizie della mia macchina?» – il Sisto gli aveva risposto secco secco.

«È pronta.»

Quello c'era rimasto quasi male, gli era sparito il sorrisetto.

«Quant'è?» aveva chiesto.

Il Sisto s'era bloccato. Era la prima volta che gli capitava di dover fare un conto, ci aveva sempre pensato il Scatòn. Chiedendosi cosa fare, era andato nel gabbiotto del meccanico, aveva aperto un paio di cassetti del tavolino in metallo che fungeva da scrivania, cercando di farsi venire un'idea. Così gli era capitato in mano il quadernetto, quello sul quale i primi tempi il Scatòn aveva segnato i soldi che gli teneva in deposito. Sotto le due firme, la sua e quella del meccanico.

Una pagina dopo l'altra, i soldi e i mesi che erano passati.

Aveva annusato la carta, anche lei sapeva di ferro, aveva guardato le ditate, le sue e quelle del Scatòn che erano rimaste impresse qua e là.

O cristo!, aveva mormorato sottovoce.

Era uscito col magone sul gozzo, il proprietario della Lancia dava a vedere di avere premura, batteva il piede per terra producendo una specie di eco.

«Il padrone adesso non c'è», aveva detto il Sisto.

«Quand'è che torna?» aveva chiesto quello.

59.

«Lei maresciallo in che anno è arrivato a Bellano?» chiese il prevosto.

«Nel Sessantasei, verso la fine.»

I due erano ormai arrivati in piazza della chiesa. Don Cantoni si fermò poco oltre l'ingresso degli operai del cotonificio. In sottofondo si sentiva il rumore delle macchine, una calda musica che faceva parte del paesaggio.

«Dubito allora che potrebbe averla vista», affermò il prevosto.

La suora storta in quel periodo era stata trasferita, forse addirittura non era già più in servizio, se così si poteva dire.

«Anche perché se l'avesse vista non se la sarebbe dimenticata», aggiunse il sacerdote.

«Vuole dire che...» interloquì il maresciallo.

«Proprio», confermò il prevosto.

Proprio perché era storta. Caratteristica grazie alla quale la gente la chiamava così.

«Ma avrà avuto un nome», fece il Riversi.

«Se le confesso che non me lo ricordo?» ribatté sorridendo il sacerdote.

Era diventata la suora storta anche per lui.

Il prevosto fece due passi ma non oltrepassò la linea dell'ombra oltre la quale c'era la piazza, abbagliante nel sole.

«Ma non c'era cattiveria», disse poco dopo.

Non aveva mai avvertito crudeltà in quel nomignolo.

Anzi, una sorta di rispetto, quasi di compassione per la malattia.

Il maresciallo spostò il piede destro e lo posò sulla linea tra la luce e l'ombra. Era sua moglie che gli lucidava le scarpe fino a che non ci si potesse specchiare.

«Malattia?» chiese.

«Malattia», confermò il prevosto.

Si chiamava spondilite ed era tutto ciò che sapeva.

«Della malattia naturalmente», proseguì il sacerdote, «malattia rara, difficile da curare.»

Sapeva che la suora se n'era ammalata in età non più giovane.

«Aveva già preso i voti.»

Il Riversi ritrasse la scarpa, riportandola nell'ombra. Fece un deciso passo indietro. Poi tirò fuori dalla tasca della giacca la foto che il Crozza gli aveva lasciato.

«Quindi questa può essere proprio lei», disse.

Aveva la fotografia in mano, la teneva per un angolo tra pollice e indice. Fece per darla a don Cantoni.

«È lei», disse il prevosto senza bisogno di guardare.

«E cosa ci fa in compagnia del figlio del defunto notaio Agliati?»

60.

«Oggi come oggi è meglio stare sotto padrone. Alla fine del mese c'hai la tua bella busta e i guai li lasci agli altri.»

Il Magnetti si era complimentato col Sisto per la scelta di non andare avanti da solo con l'officina e gli aveva tenuto giù dai soldi che il Scatòn aveva versato in anticipo per l'affitto quelli dei venti giorni in cui lui aveva occupato l'officina.

Il Sisto aveva ringraziato e se n'era andato.

Un padrone l'aveva avuto e non c'era più. Un altro non lo voleva.

La sorella del Scatòn gli aveva detto che quei soldi li poteva tenere lui.

«Sono sicura che il Calisto è contento così.»

Era una frase che al Sisto aveva fatto un po' impressione perché s'era immaginato uno morto, lungo tirato nella cassa sottoterra, ma contento. Per giorni aveva continuato a pensare alla contentezza del meccanico. Una contentezza che lentamente gli sembrava che svanisse mentre lui continuava a pensare cosa fare di sé, del futuro, dei soldi senza decidersi a niente.

Un altro padrone non lo voleva.

Era l'unica cosa che aveva chiara in testa

Piuttosto...

Ma piuttosto cosa?, si rispondeva.

Stava a letto fino a tardi anche se si svegliava al solito orario senza bisogno della sveglia, come se dovesse ancora andare in officina. Se proprio non resisteva dondava un po' tra la piazza e il lungolago ma gli sembrava di avere addosso gli occhi di tutti e anche quelli del Scatòn. Soprattutto quando per caso incrociava il Manina e per educazione si fermava a parlare con lui o entrava in un bar.

A un certo punto, quando non ne aveva più potuto di stare in casa e di sopportare la vergogna, vera o presunta, degli sguardi altrui, aveva cominciato a uscire e rifugiarsi in stazione. Sulle panchine del giardinetto dove c'era la vasca dei pesci rossi oppure sulle altre, di sasso, quelle seminascoste dagli oleandri. Guardava i treni o stava lì fra un treno e l'altro.

Un pomeriggio, un uomo, uno distinto, con una valigetta, che era appena sceso dal diretto che veniva da Milano gli si era avvicinato.

«Mi scusi, sa mica se c'è un tassì da queste parti?» gli aveva chiesto.

Il Sisto l'aveva guardato e gli aveva risposto.

«Fra un po'.»

Quello aveva fatto finta di niente ed era andato via scuotendo la testa.

61.

«Non ne ho idea», disse il prevosto.

Né aveva idea se ci fosse, e nel caso quale fosse un rapporto che legava Aurelio Agliati, la suora storta e Vera Marzorati.

«Io invece», borbottò il maresciallo, «una mezza idea me la sono fatta.»

La proprietà transitiva, aggiunse.

«Se a è uguale a bi...»

Se l'Agliati era così in confidenza, come dimostrava la foto, da tenere un braccio sulle spalle della suora storta, che ancora non era né suora né storta, era possibile che lo fosse altrettanto con l'altra ragazza che compariva nella fotografia e perciò potesse dare informazioni utili allo scopo di rinvenire parenti, amici... anche spiegare cos'era venuta a fare a Bellano.

«O no?» fece il Riversi.

«Non saprei», rispose il sacerdote.

Il Riversi proruppe in una mezza risata.

«Mi scusi, reverendo», disse. «Ma se in un piccolo paese come questo c'è una persona che ne può sapere più del maresciallo credo che sia proprio il prevosto.»

«Non è detto», commentò don Cantoni.

«Non sono buoni parrocchiani forse gli Agliati?» chiese il Riversi.

Il prevosto si infilò le mani nelle tasche della tonaca.

«C'è qualcuno più in alto di me cui spetta il giudizio», rispose il sacerdote.

«D'accordo. Però», obiettò il Riversi, «per riuscire a riconoscere con tanta sicurezza come ha fatto lei un soggetto a distanza di... facciamo una trentina d'anni più o meno?... e su una fotografia altrettanto vecchia e non certo scattata da un fotografo professionista...»

«Basta avere buona memoria», lo interruppe il prevosto.

Il Signore gliel'aveva conservata.

«Se la sentirebbe anche di giurare...»

«Senta, maresciallo», lo interruppe di nuovo il prevosto, «dove vuole andare a parare?»

«Vorrei saperne di più su questo Agliati», rispose il Riversi.

«Non ne so molto.»

«Potrebbe bastare.»

«E sono cose, come diceva lei... sì, di una trentina di anni fa.»

62.

Alta, bella, severa.

Sempre sola.

La ricordava così il prevosto nonostante fossero passati trent'anni. La guerra era stata dichiarata da un paio di mesi, lui era appena giunto a Bellano. Per anni aveva voluto celebrare di persona la prima messa del mattino. Amava la solitudine delle prime ore del giorno, la luce incerta, il silenzio. L'aveva vista in una di quelle occasioni. Non sempre ma sempre sola. E alta, bella, severa. S'era chiesto chi fosse, come mai. Era così diversa dalle altre fedeli, donne nella stragrande maggioranza, che prendevano parte al rito mattutino. Non si era mai comunicata. La domenica non l'aveva mai vista né alla messa prima né a quell'altra, la messa grande, quando la chiesa si riempiva. Non si era mai azzardato a chiedere chi fosse, sarebbe bastato parlarne con la perpetua. Aveva tenuto per sé la curiosità. Poi una mattina, dalle mani della perpetua aveva ricevuto un biglietto in cui gli si chiedeva di fare una visita a villa Serena, la dimora della famiglia del notaio Agliati.

Pur avendo quel nome così solare, la villa era cupa.

«Fu la mia prima impressione entrando in quella casa», disse il prevosto.

Non era stata una sensazione legata all'aspetto esteriore o alla severità dell'arredamento. Una cupezza che sembrava sospesa nell'aria piuttosto. Il padrone di casa non c'era. Sembrava che non ci fosse nessuno oltre alla cameriera che l'aveva ricevuto e che l'aveva accompagnato in camera di quella donna.

«La signora», disse il prevosto.

L'aveva chiamata così la cameriera.

Era lei. Era a letto. Era ancora più bella di come se la ricordava, forse un po' meno severa. Gli aveva chiesto di accomodarsi e di ascoltarla. Non aveva fatto giri di parole, gli aveva rivelato di essere ammalata.

«Un tumore al cervello», disse il prevosto.

C'erano giorni, aveva detto, in cui non le era possibile stare in piedi, camminare senza il rischio di cadere. Giorni come quello. Stavano diventando sempre più frequenti. Ma non era per questo che gli aveva chiesto di andare a trovarla.

Quella mattina era successo qualcosa di particolare, qualcosa che le avrebbe impedito da lì in avanti di andare in chiesa quando l'avesse desiderato e la malattia glielo avesse permesso.

63.

Col Millenove di seconda mano sotto il culo e il permesso firmato dal sindaco per occupare stabilmente una piazzola davanti alla stazione, il Sisto si era sentito come se tutti i suoi problemi si fossero risolti. Invece, per un paio di mesi gli unici viaggi che aveva fatto erano stati quelli da casa sua fino alla stazione e ritorno, un chilometro e ottocento metri tutti i giorni, col Saila e il Manina che non facevano altro che prenderlo per il culo. Il Manina soprattutto, che gli diceva di tenersi pronto al volante perché il giorno in cui avrebbe messo in atto il piano giusto per una rapina in banca lo avrebbe chiamato. Il Bianchetti del bar della stazione invece gli aveva dato una mano prima di tutto mettendo un cartello bene in vista che penzolava dallo scaffale dei liquori con la scritta «Servizio taxi all'esterno» e poi consigliando al Sisto di aspettare i viaggiatori di sopra, all'arrivo dei treni.

«Va' su», gli aveva detto, «aspettali quando arrivano. E poi avvisali che sei un tassista, offriti anche di portare i bagagli pesanti.»

Tassì, tassì!

Doveva gridare, porcodue, darsi da fare!

«Se nessuno sa che sei un tassista pensano che sei un lazzarone qualunque», aveva affermato il Bianchetti.

«Ma io mi vergogno», aveva ribattuto il Sisto.

«L'unica vergogna è quella di non aver voglia di lavorare», aveva ribattuto il Bianchetti.

Come i suoi amici, il Manina e il Saila.

A proposito dei quali, era andato avanti il Bianchetti, era meglio se non gli stessero troppo in giro se voleva ramazzare clienti anche tra i bellanesi, altrimenti poteva sognarseli.

«Non ti fanno una bella pubblicità.»

Non era stato facile dire ai due di stare fuori dai coglioni. S'erano offesi. Gli avevano risposto che l'unica differenza tra lui e loro era che lui faceva un cazzo tutta la giornata stando seduto sul Millenove, tutto lì. E che ci scommettevano che prima o poi avrebbe venduto la macchina e usato la licenza per accendere il fuoco, dopodiché sarebbe andato a lavorare al cotonificio, che era la fine che si meritava per quel pirla che era.

«Questo si vedrà», aveva risposto il Sisto immaginando di essere il Scatòn e sentendo un po' di magone.

Il Sisto si ricordava bene il primo servizio fatto, quello che aveva dato l'avvio alla sua carriera di tassista: 16 agosto 1967, giorno della Fiera Mercato degli Uccelli. Aveva portato a Vendrogno un soggetto abbastanza ubriaco che aveva al seguito due tordi e una viscarda acquistati alla fiera. Gli uccelli gli avevano cagato tutto il portabagagli. Nonostante ciò, il Sisto era tornato a Bellano fischiando una canzonetta e coi finestrini abbassati.

64.

La donna parlava a bassa voce, dava l'impressione che temesse qualcuno in ascolto. Quel sottile timore s'era impadronito anche del sacerdote. Aveva detto: «La ascolto», con un sussurro.

«Mio marito non vuole più», aveva detto la donna.

Non voleva più che uscisse da casa, glielo aveva proibito quella stessa mattina dopo che nel corso della notte era successo un piccolo, deplorevole incidente dovuto alla sua malattia.

«Non credo di riuscire a spiegarmi meglio», aveva aggiunto la donna arrossendo anche lievemente.

Erano accidenti che purtroppo si dovevano all'evoluzione della malattia, cose che sfuggivano al suo controllo. Quella mattina suo marito, il notaio Agliati, le aveva tenuto un discorso secco, preciso. Non poteva permettere che sua moglie si esponesse al ridicolo davanti al paese intero.

Riusciva a immaginare le chiacchiere che sarebbero corse se una cosa come quella che era capitata nel corso della notte fosse successa mentre lei era a messa?

«La moglie del notaio se l'è fatta addosso!»

Per sua fortuna non le mancava niente, aveva la possibilità di essere servita come una regina.

E in ogni caso, che lei fosse d'accordo o meno, lui la decisione l'aveva presa: o così oppure avrebbe provveduto a farla ricoverare in una clinica.

Decidesse lei.

«Io non voglio lasciare la mia casa», aveva detto la donna.

La casa dove era nata e cresciuta e che aveva portato in dote al marito.

Il prevosto le aveva promesso che avrebbe risposto a ogni suo invito. Sarebbe andato a trovarla tutte le volte che l'avesse desiderato, l'avrebbe comunicata, avrebbe pregato con lei.

Dopo due o tre visite, don Cantoni aveva incontrato il giovane Agliati. Era stato un caso, gli aveva spiegato la madre. Il ragazzo studiava a Milano, viveva presso certi cugini del padre, tornava raramente a casa.

«Era tale e quale a sua madre, bello come lei», disse il sacerdote.

Lo sguardo, invece, ricordava l'indifferenza di certi animali.

65.

Nella foto l'Agliati junior sorrideva e sembrava un giovanotto come tanti altri.

Il Riversi era rientrato in caserma e aveva subito riaperto la finestra del suo ufficio. Non c'era come starsene via da lì un po' di tempo per avvertire poi, in pieno, l'invincibile tanfo di quei locali, carta, inchiostro, tessuti impregnati di sudore. Un pizzico di odor di fogna anche, che veniva su dalla piazza, soprattutto quando il caldo e l'umidità si davano da fare.

Dato un ultimo sguardo alla fotografia se la mise in tasca.

Faccenda chiusa?

Boh!

Forse sì, forse no. Chi poteva dirlo?

Si allungò sulla sedia e il telefono squillò.

«Riversi?»

«Chi parla?»

«Marcalli.»

«Ah, scusa, non ti avevo riconosciuto.»

«Scusa tu, non mi sono presentato.»

«Lascia stare. Novità?»

«Sì.»

«È per quella donna? Si è fatto vivo qualcuno?»

«Infatti.»

«Bene.»

«La banca.»

La filiale monzese della banca di Desio.

Era stato l'addetto allo sportello a portare la notizia in filiale. Aveva letto la notizia su un quotidiano, sul «Giorno». C'era tanto di fotografia, una foto tessera che il giornalista probabilmente era riuscito a farsi dare dall'ufficio anagrafe. Comunque sia aveva riconosciuto la donna che di tanto in tanto vedeva in banca, ma non era stato tanto per quello. La ricordava bene perché, a fronte del suo aspetto dimesso, sin dalla prima volta che l'aveva servita allo sportello si era meravigliato dell'entità del conto: tra ciò che lasciava intuire di sé dandole un'occhiata e ciò di cui invece poteva disporre in fatto di denaro, c'era una differenza difficile da capire, da spiegare. Tuttavia l'impiegato aveva tenuto per sé i suoi pensieri e si era confidato con il direttore solo dopo aver appreso della morte della cliente.

Allora aveva voluto confessarsi. Far presente innanzitutto che, nonostante la dipartita della donna, nessuno si era ancora precipitato a reclamare quel denaro, cosa che di per sé era già memorabile. Poi aveva fatto presente anche un secondo fatto che poteva rivestire una certa importanza.

«Il direttore mi ha riferito che, a detta del suo impiegato, quella donna riceveva tutti gli anni una discreta sommetta. Un versamento che, per quanto ha potuto verificare, non è mai capitato oltre il mese di marzo», specificò il maresciallo Marcalli.

«E quest'anno?» chiese il Riversi.

«Ecco la cosa curiosa», rispose il Marcalli.

Quell'anno niente. Perlomeno fino a quel momento.

Però, rispetto al solito, la scadenza abituale era stata ormai superata.

66.

C'era stato un periodo, qualche mese, nel corso del quale la donna aveva dato segni di miglioramento. Il dottore le aveva parlato di una certa cura, di certi farmaci che erano in commercio in Svizzera.

«Ormoni, se non ricordo male», aveva detto il prevosto.

Nonostante le difficoltà e soprattutto il divieto imposto dalla legge italiana, per l'Agliati non era stato difficile procurarseli.

Si era nel penultimo anno di guerra, i tedeschi erano già in Italia, a Colico s'era installato un comando della Wehrmacht e il suo comandante era spesso ospite a villa Serena.

«Voci», aveva detto il sacerdote.

Nessuno avrebbe potuto o voluto giurarlo. L'Agliati senior tra l'altro non s'era mai impicciato di politica attiva agendo piuttosto nel sottobosco, dietro le quinte. Insieme con i professionisti della sopravvivenza insomma. In ogni caso questo l'aveva reso ancora più misterioso e temibile. Proprio le voci che correvano su di lui, più che le prove vere e proprie, erano riuscite ad ammantarlo di un fascino equivoco. Nonostante quei mesi di relativo benessere la donna non se l'era più sentita di uscire da casa. Poi i farmaci avevano esaurito la loro funzione positiva.

«Anzi», aveva detto il sacerdote.

Li stava ancora assumendo quando la malattia era diventata aggressiva e il dottore, temendo che quelle medicine le facessero ormai più male che bene, aveva ordinato di sospenderle. Da quel momento in avanti era cominciato il periodo che aveva accompagnato la donna alla fine. Erano state settimane particolarmente penose, durante le quali a volte le sembrava di essere diventata un'altra persona. Diceva cose strane, a volte parlava in tedesco, lingua che aveva studiato in gioventù, gridava, raccontava di un figlio, piangeva, chiamava questo figlio senza usare nomi. In un paio di occasioni, visto che era presente, l'Agliati junior era accorso al suo capezzale nel tentativo di calmarla, ma la madre l'aveva respinto con violenza.

Poi era successo un fatto.

Nel corso di una delle visite la donna si era spogliata davanti al sacerdote.

«Era una visione drammatica, commovente e terribile insieme», aveva raccontato il prevosto.

Non aveva saputo cosa fare, come comportarsi. L'unica cosa che aveva fatto era stata chiamare la cameriera per metterla al corrente dell'accaduto e farsi aiutare a rivestire la poveretta e rimetterla a letto.

Era stata l'ultima volta che l'aveva vista.

Quella stessa sera infatti il notaio Agliati si era presentato in canonica.

«Lo vedevo per la prima volta così da vicino», aveva osservato il prevosto, ripetendo che sia lui sia il figlio erano persone che non frequentavano la chiesa.

«Perlomeno non la mia.»

Parlando seccamente, ordinando più che chiedendo, gli aveva detto di astenersi da quel momento in avanti di recarsi a visitare sua moglie.

«A meno che non siano richieste formulate espressamente da me, mi disse. E sorrise», aveva ricordato il prevosto.

Non l'aveva mai più vista. Nemmeno per il funerale.

«Niente funerale?» era sbottato il Riversi.

«No, il funerale ci fu.»

Figurarsi!

Una tal famiglia non poteva esimersi dal celebrare la commedia dell'afflizione davanti all'intera comunità.

Quando il prevosto era entrato per l'ultima volta in quella casa s'era trovato di fronte la bara già sigillata.

Era stato un funerale triste, di guerra, celebrato sotto un cielo cupo che minacciava pioggia.

67.

Magari.

Un po' d'acqua non ci sarebbe stata male.

Tutto quel caldo, tutta quell'umidità...

Anche la moglie del maresciallo Riversi ne pativa. Sotto gli occhi aveva due ombre grigie. Il maresciallo la stava guardando mentre sparecchiava la tavola dopo la cena. Aveva decine di pensieri che si incrociavano, uno diverso dall'altro. Cose che non avrebbe mai confessato. Pensava a come sarebbe stato se in quel momento avessero avuto un figlio, se avesse pianto infastidito dal caldo. Pensava anche a come una gravidanza avrebbe potuto rovinare il profilo dei fianchi di sua moglie. O se le fosse toccato di subire quella orribile cosa che il dottore gli aveva raccontato, quel taglio... e poi il pensiero tornava a quella donna, al maresciallo Marcalli, alla banca, ai soldi. Al fatto che aveva avuto un figlio che chissà dov'era, se era ancora al mondo...

Pensava a come poteva essere avere un figlio, desiderarlo come lo desideravano loro due al punto di aspettare di metterlo al mondo per dargli il meglio che potessero, come una casa nuova, più confortevole... Avere un figlio e poi perderlo, magari vederlo morire oppure vederlo partire e non avere più alcuna sua notizia... così il pensiero tornava a quella donna, al funerale del pomeriggio, alle chiacchiere, alle confidenze che il prevosto gli aveva fatto...

Sarebbe andato avanti fino a chissà quando se qualcosa non avesse interrotto il flusso dei suoi pensieri.

Sua moglie.
Si girò verso di lui, un piatto in mano, lo stava asciugando.
«Sei stanco?» gli chiese.
Era strano che avesse parlato così poco durante la cena, che non le avesse raccontato niente della giornata quasi conclusa.
«E tu?» chiese il Riversi di rimando.
«Un po'», rispose lei.
Sentiva di non avere il diritto di dirlo, aggiunse subito, poteva ritenersi fortunata rispetto a molte altre donne, eppure...
«Sarà questo tempo probabilmente», si giustificò.
Il Riversi sorrise.
«Prima o poi riusciremo a permetterci anche una...»
Ma si bloccò immediatamente prima di concludere la frase.
La moglie credette di comprendere il suo imbarazzo, sorrise, si girò, tornando a finire i piatti: era convinta che suo marito si fosse zittito temendo di dire uno sproposito.
In quella casa, in quella famiglia non serviva una cameriera, ci voleva un figlio.
Il Riversi sorrise a sua volta, in risposta alla moglie. L'idea della cameriera tuttavia continuava a ronzargli in testa.

68.

Adesso il cielo s'era rannuvolato. Stava ben sopra la cima delle montagne però. Qualche frammento di nuvola passava più in basso spinto da un'arietta che faceva ben sperare. La temperatura era calata, l'umidità sopportabile.

Il prevosto era affacciato alla finestra del suo studio, guardava verso la piazza. Non vide il maresciallo Riversi che veniva da piazza Santa Marta. Il Riversi invece non vide la perpetua che era chinata a zappettare un boschetto di rose, nascosta dalla siepe di gelsomino che contornava parte del giardinetto della canonica.

La frase che lui aveva lasciato in sospeso la sera prima l'aveva completata sua moglie.

Erano già a letto. La finestra dava sull'alto lago, inquadrava un pezzo di cielo che si andava rannuvolando.

«Una cameriera», aveva detto lei.

Era quello ciò che intendeva, vero?

L'uomo non aveva risposto.

L'aveva accarezzato.

«Col tuo stipendio...»

Ma bastava il pensiero, gli aveva detto, bastava quello per farle capire quanto tenesse a lei. L'aveva baciato e s'era fatta mezzanotte. Nonostante tutto, il pensiero del Riversi non si era staccato da quell'idea: se c'era una persona che poteva dirgli qualcosa sul terzetto della fotografia, soprattutto sulla terza donna, la più misteriosa dei tre, forse era proprio la cameriera che aveva servito in casa Agliati.

Il prevosto non ebbe dubbi, quando lo vide, che il Riversi si stesse recando da lui. Chiuse la finestra dello studio, scese di sotto, uscì e si fece al cancelletto della canonica. Il Riversi lo aspettava lì.

«Maresciallo», salutò il sacerdote.

«La disturbo?» chiese il Riversi.

«Niente affatto», rispose il prevosto armeggiando con la chiave per aprire.

«No, reverendo», lo fermò il maresciallo.

Non c'era bisogno che lo facesse accomodare. Si trattava di una cosetta rapida.

«Può dirmi chi era la cameriera di servizio a casa dell'Agliati in quegli anni?»

La fronte del sacerdote si corrugò, lo sguardo roteò sulla piazza alle spalle del Riversi.

«Temo di non ricorda...»

«Ma sì!»

Giunse prima la voce, poi la perpetua.

Gli sguardi del maresciallo e di don Cantoni si incrociarono su di lei. La donna aveva terra sulla faccia, le maniche rimboccate, teneva in mano la zappetta come se fosse un'ascia.

«Ma sì, no?» disse guardando il prevosto.

Non era mica quella che era arrivata dal Veneto con suo fratello, quella che aveva lavorato per un po' al cotonificio e lui aveva messo su un buco dove riparava biciclette e poi un'officina?

La sorella del meccanico, quello che era morto un po' di anni prima.

Com'è che si chiamava?

Scatòn.

O no?

69.

Al Saila sembrò la scena di un film. Non era molto che aveva visto *Il giorno della civetta* alla Casa del Popolo. Non aveva capito granché, era uscito deluso. Le locandine, con quelle immagini di carabinieri e i paesaggi desolati da western, non avevano mantenuto la promessa. Però gli tornò in mente vedendo il maresciallo Riversi che camminava lungo la contrada. Gli veniva incontro. Un gioco della fantasia gli propose l'immagine di lui che scappava e del maresciallo che lo inseguiva. Non aveva motivo di aver paura, tuttavia si sentiva inquieto.

«'Giorno», salutò ormai faccia a faccia col Riversi.

Il maresciallo si fermò, rispose al saluto con un cenno del capo. Di conserva, anche il Saila si fermò.

«Tutto bene?» chiese il Riversi.

«Sto andando al lavoro», rispose il Saila.

«Bene», fece il maresciallo sospirando sulla e finale e guardandosi intorno.

«E dimmi una cosa», proseguì.

Con quel tono, quello che conosceva bene e che altrettanto bene usava. Quello che aveva usato quando aveva beccato il Manina e si era convinto che non era stato solo a progettare e mettere in atto il furto. Era il tono di chi faceva domande sapendo già la risposta esatta e non c'era niente da fare, niente avrebbe potuto convincerlo del contrario. Per fortuna in quell'occasione il Saila aveva un alibi di ferro e forse al maresciallo il fatto di dover ammettere che aveva torto non era andato giù.

Adesso cosa voleva?

«Mi sapresti dire dove abita la Scatòn?»

«Scatòn?» sbottò il Saila.

«Cos'è», chiese il maresciallo, «non l'hai mai sentita nominare?»

«No, no», rispose ancora troppo di fretta il Saila.

La sorella del fu meccanico.

Stava lì, dieci metri più avanti, dentro la corte.

«Bene, grazie», fece il Riversi.

«Posso andare?» chiese il Saila.

«Va', va', non fare tardi.»

Il Saila partì resistendo alla tentazione di girarsi per non vedere il maresciallo che, ancora fermo, lo stava guardando.

70.

Una poltrona sfondata stava ai piedi delle scale che portavano agli appartamenti dove abitava la Scatòn.

Quattro appartamenti, quattro cassette delle lettere, di colore diverso e arrugginite.

Bergamelli, Variati, Scatòn. La quarta anonima.

Il Riversi salì la prima rampa di scale, giunse davanti alla porta con la targhetta Scatòn.

Gli aprì una donna che al vedere la divisa sgranò gli occhi.

«Non si spaventi», la tranquillizzò immediatamente il maresciallo. «È lei la signora Scatòn?»

«Signorina, prego.»

«Mi scusi», disse perplesso il Riversi.

«Sono io», rispose la donna, aggiungendo allo spavento dello sguardo quello della bocca che si aprì come se volesse emettere un grido, chiamare aiuto.

Mentre quella parlava, un odore particolare investì il Riversi che non riuscì a trattenersi. Corrugò la fronte, sbatté le palpebre.

«Lo sente anche lei?» fece la donna tralasciando l'espressione preoccupata e assumendo un tono vagamente aggressivo.

Il Riversi tardò a rispondere, la donna ripeté.

«Lo sente anche lei, sì o no?»

Perché i suoi vicini dicevano che si sognava, soprattutto quella che stava lì sopra, che dava loro da mangiare, li trattava come figli, e ci parlava anche!

«Lei non può capire», disse la donna.

Nessuno capiva che quella di sopra era in grado di intendersi con quei gatti schifosi e siccome era una schifosa anche lei li mandava sul suo pianerottolo a pisciare e a fare altri bisogni, oppure sul terrazzino che dava sull'altro lato della casa. E quello era il risultato, un odore di piscia contro il quale lei era l'unica a combattere.

Ma era un altro l'odore che il Riversi avvertiva, lo definì mentre la donna ancora parlava, raccontando di aver scritto anche al comune senza ottenere risultati.

"Zolfo", disse tra sé.

Evidentemente la donna lo usava per disinfettare il pianerottolo.

«Li ammazzerei tutti se riuscissi a prenderli», stava raccontando la donna. «Lo sa che una volta...»

Il maresciallo la interruppe.

«Mi perdoni. Non vorrei farle perdere tempo.»

In realtà lui non voleva perderne altro ad ascoltare i vaneggiamenti di una scardinata.

«Avrei solo una domanda da farle.»

Sul viso della donna tornò l'espressione preoccupata con la quale lo aveva accolto.

«Cos'è successo?» chiese.

Il Riversi guardò oltre le spalle della donna che ancora occupava l'ingresso. Lasciò correre lo sguardo nel corridoio buio e stretto di cui si intuiva solo la fine. Ebbe la sensazione che lo spavento della donna fosse reale. Come se davvero fosse successo qualcosa, come se quella donna aspettasse quel momento, l'avesse atteso un giorno dopo l'altro. Magari per una trentina d'anni.

71.

«Cose di trent'anni fa! Come potete pretendere di ricordarvene?» aveva appena finito di dire il prevosto.

La discussione tra i due era scattata subito, non appena il maresciallo Riversi era sparito alla vista.

Cosa era saltato in mente alla perpetua di intervenire? Perché non era andata avanti a fare i suoi lavori di giardinaggio?

«Perché, perché, perché!» aveva risposto la perpetua.

In fin dei conti cosa aveva fatto?

Aveva risposto a una domanda del signor maresciallo al posto suo, visto che lui non si ricordava.

«E siete sicura di avere una memoria così salda voi?» aveva ribattuto il prevosto.

Erano cose di trent'anni fa, una bella pretesa quella di ricordarsene.

La perpetua non aveva chinato il capo.

«Innanzitutto, se c'è una cosa che ancora mi funziona bene è proprio la memoria», aveva ribattuto.

E poi el sciòr prevòst doveva sapere che prima di entrare a servizio in quella canonica aveva lavorato per lunghi anni al cotonificio, era stata una di quelle anziane che la direzione destinava all'istruzione delle nuove operaie e tra le tante che le erano passate per le mani una era proprio la Scatòn. Non poteva dimenticarsela perché quando era arrivata l'èra intrèga...

«Imbranata», aveva spiegato la perpetua.

...sembrava aver sempre paura di combinare qualche

danno e inoltre parlava quasi solo il dialetto suo e solo grazie a lei, piano piano, aveva cominciato a spiegarsi in italiano facendosi capire meglio e abbandonando quel modo di fare come se temesse che da un momento all'altro qualcuno le dovesse saltare addosso.

Anche dopo, dopo che aveva lasciato il cotonificio, di tanto in tanto la vedeva e le raccontava quello che faceva, come le andava. Era forse stata lei la prima a sapere che si era licenziata per andare a servizio nella villa dell'Agliati, preferita ad altre proprio perché non era del paese.

Il prevosto aveva abbozzato.

«D'accordo, però forse non era il caso...»

«Però, però, però», aveva ripetuto la perpetua.

Non era il caso di rispondere al signor maresciallo, solo perché la Scatòn non era più quella di un tempo?

Solo perché le era venuta qualche mania, come quella di odiare i gatti, così che la gente poteva dire che era scema?

Ma se era diventata così, un po' di colpa non era anche dell'Agliati, del vecchio, del notaio che l'aveva licenziata di punto in bianco, mettendola in strada da un giorno all'altro?

Da allora un lavoro fisso non l'aveva più trovato, la sua domanda di riassunzione al cotonificio era stata rifiutata, aveva campato facendo mestieri e ricevendo qualche aiuto dal fratello meccanico, che poi aveva assistito proprio come una perpetua quando lui era rimasto vedovo.

Quindi, aveva concluso la perpetua, non si sentiva in colpa se aveva parlato per bocca del sciòr prevòst. Lei si sentiva in pace, toccava al signor maresciallo fare quello che doveva, magari riparare a qualche torto, anche se erano passati quasi trent'anni.

72.

Non proprio trenta.

Venticinque, ventisei.

Il numero non importava. Ciò che la Scatòn ricordava perfettamente era il trattamento che aveva subito da parte del notaio Agliati.

«La stessa mattina in cui la signora morì mi licenziò. Mi diede una busta con un po' di soldi, lo stipendio e una specie di buonuscita, e mi accompagnò di persona alla porta di casa.»

«Mi dispiace», bofonchiò il Riversi tanto per dire qualcosa.

Alla fine s'era deciso ad accettare l'invito della donna, entrare in casa, accomodarsi. L'odore che aveva inspirato sul pianerottolo l'aveva indotto a pensare che dentro sarebbe stato peggio. S'era dovuto ricredere invece perché una volta entrato non aveva avvertito niente di particolare. Un vago sentore di minestra in cucina, dove la donna l'aveva fatto accomodare. Poca luce, ma quelle case erano tutte così, schiacciate una contro l'altra, se la rubavano.

«Dopo che mi chiuse la porta alle spalle, restai lì un bel po' a guardarmi in giro.»

Non sapeva cosa fare, era disorientata. Non aveva più un lavoro, erano tempi difficili.

Era tornata a casa.

«Allora abitavo con mio fratello. Due stanze, dormivamo assieme, nello stesso letto. Lui aveva un buco dove riparava le biciclette, non faceva ancora il meccanico.»

Per due, tre mesi non aveva fatto niente altro che cercare un lavoro senza trovarlo.

«Ho tentato anche di farmi riassumere dal cotonificio.»

Le avevano risposto che non si fidavano di coloro che si licenziavano e poi ritornavano.

Poi un giorno le era venuta l'idea di mettere a frutto l'esperienza che s'era fatta a casa del notaio. Insomma, aveva fatto la cameriera ma aveva anche assistito una persona malata, aveva imparato qualcosa su come stare vicino alla gente che soffriva.

«Pensai allora che se il notaio Agliati mi avesse scritto una lettera di presentazione, un biglietto in cui raccontava la bontà del mio servizio, avrei avuto qualche possibilità in più di trovare un altro lavoro.»

Così una mattina aveva preso il coraggio a due mani e s'era avviata alla volta di villa Serena.

Era presto.

«Conoscevo gli orari di quella casa.»

O perlomeno credeva di conoscerli. In ogni caso era convinta di trovare qualcuno. Il notaio, o magari il figlio, al quale avrebbe chiesto di riferire al genitore la sua richiesta.

«Bussai, suonai il campanello senza ottenere risposta», disse la Scatòn.

Ma aveva continuato a farlo. Era presto, impossibile che non ci fosse nessuno. Eppure era così. Aveva continuato a bussare, a suonare il campanello mentre la disperazione, la rabbia anche, l'avevano invasa e portata alle lacrime perché quella porta chiusa significava la fine di ogni speranza.

La povertà, la miseria, la fame...

«Finché...»

Aveva cominciato a prendere la porta a pugni, a calci. E aveva sentito una finestra del primo piano aprirsi. S'era asciugata gli occhi con una mano, aveva guardato il viso che si era affacciato. Era quello di una donna. Per un istante si erano guardate in silenzio.

«Chi è lei?» aveva poi chiesto.

L'altra non aveva risposto subito, aveva atteso un momento, come se dovesse decidere se valeva la pena rispondere oppure no.

«La cameriera», aveva detto poi chiudendo la finestra.

Una faccia mai vista prima, una faccia che non era del paese.

«Capisce, maresciallo, che vigliaccata mi aveva fatto il notaio?»

Le aveva detto che non avevano più bisogno di una cameriera, l'avevano mandata via su due piedi e invece ne avevano assunto subito un'altra, ben sapendo che lei di quel lavoro ci campava.

«Perché l'ha fatto?»

Forse perché la sua presenza avrebbe continuato a ricordargli la moglie, la malattia che se l'era portata via?

Che colpa ne aveva lei?

«Eh, maresciallo?» chiese la Scatòn imporporandosi.

Il Riversi aveva seguito con attenzione la storia. Con la mano nella tasca della giacca aveva già stretto la fotografia.

«Mi dispiace», disse, più convinto della volta precedente. «Non vorrei disturbarla oltre, avrei solo bisogno di farle vedere una cosa.»

Una fotografia.

«Giusto per capire se può darmi qualche informazione che chiarisca i rapporti tra le persone che vi compaiono.»

La Scatòn prese la fotografia, si infilò un paio di occhiali che sostavano sul piano della dispensa. Guardò sempre più accigliata.

«Era lei», disse poi.

Il Riversi notò l'unghia dell'indice della donna. Nera di sporco, mangiucchiata, con una corona di pellicine.

Indicava quella che aveva imparato a chiamare la suora storta.

73.

«E a me che cazzo me ne frega. Perché me lo vieni a dire?» sbottò il Sisto secco secco.

Non aveva ancora digerito il giochetto che il Saila gli aveva fatto: gli aveva messo a nuovo il sedile del Millenove, d'accordo, ma poi si era fatto anche pagare con la scusa che la pezza per la riparazione mica poteva rubarla.

O cretino!, allora perché gli aveva promesso il lavoro gratis?

Dal tavolo apparecchiato per uno solo che occupava alla trattoria del Ponte, il Sisto vedeva la luce invadere o scomparire dalla piazza Cavour, secondo come passavano le nuvole. S'era alzato un po' di vento verso mezzogiorno, un mezzo phon, e stava pulendo il cielo.

Il Saila era entrato con uno stuzzicadenti in bocca. Per un momento, un po' abbagliato, s'era guardato in giro. Poi l'aveva visto, s'era tolto lo stecchino e si era andato a sedere al tavolo del Sisto per dirgli che il Riversi quella mattina gli aveva chiesto dove abitasse la Scatòn ed era salito in casa sua.

«Te lo dico perché magari...»

«Magari cosa?» lo interruppe il Sisto.

«Be', eri te che lavoravi con suo fratello, e magari...»

«Ancora?»

Cosa c'entrava lui con la sorella del meccanico?

«Ma non lo so...»

«E allora se non lo sai...» cercò di chiudere il Sisto.

«Va be', io ti ho avvisato», fece il Saila. Lui la faccenda del sedile l'aveva già dimenticata.

Il Sisto continuava a sentirsela sullo stomaco.

«Ma avvisato di cosa?»

«Ma niente!» sorrise il Saila.

«O Saila», esclamò il Sisto, «ma cos'hai bevuto stamattina?»

«Sisto, 'scolta. Mi è sembrato strano che il maresciallo volesse parlare con la sorella del tuo vecchio datore di lavoro e giusto che te lo venissi a dire. Va bene così?» osservò il Saila alzando un po' la voce.

«D'accordo, me l'hai detto», rispose il Sisto. «E adesso che l'hai fatto vuoi anche bere qualcosa?»

Qualche testa s'era girata a guardare. L'oste del Ponte si stava palleggiando un asciugamano ma teneva d'occhio il tavolo del Sisto. Col Saila di mezzo poteva scapparci anche qualche sganassone. Il Saila invece si alzò, rimise tra i denti lo stecchino che aveva sempre tenuto in mano, schiacciò l'occhio al Sisto e uscì senza salutare.

Dopo un momento anche il Sisto si alzò e andò al bancone a pagare.

«Se gh'è?» gli chiese sottovoce l'oste.

Tra loro c'era sufficiente confidenza per quella domanda.

«Niente», rispose il Sisto, «cazzate.»

Poi uscì e si avviò alla volta del lungolago dove aveva parcheggiato il tassì.

Appoggiato al quale, lato guidatore, c'era il maresciallo Riversi in attesa.

«Facciamo due parole», disse il maresciallo.

74.

In fin dei conti era stato l'ultimo a vederla viva, aveva ragionato il Riversi dopo aver deposto la cornetta.

Era rientrato in caserma dopo il colloquio con la Scatòn, ripensando alle parole della donna, cercando di decidere quanta credibilità concederle anche perché dopo il racconto del suo periodo presso l'Agliati e il presunto riconoscimento della suora storta, aveva riattaccato con la solfa dei gatti, gli aveva chiesto se i carabinieri non potessero fare qualcosa per aiutarla a risolvere il problema.

Il telefono era squillato e aveva subito riconosciuto la voce del Marcalli.

Che aveva novità.

No, non si era fatto vivo nessuno.

Però...

«Porta pazienza un minuto e ti spiego tutto», aveva detto il collega.

Non più tardi di un'ora prima aveva parlato al telefono col direttore della banca dove la donna teneva i suoi soldi. Gli aveva spiegato che in casi come quello, e gliene erano già capitati alcuni in carriera, era suo costume fare delle ricerche, reperire i parenti al fine di sistemare le cose, chiudere i conti e magari conquistare un nuovo cliente. Ora, il caso della donna era particolare perché non c'era nessuno oltre a lei cui fare riferimento, il conto non era cointestato e cose del genere. Quindi s'era fatto portare dal suo impiegato la lista dei movimenti di quel conto, nella speranza di trovare qualche indizio che gli desse l'idea giusta. Bene, il direttore aveva rilevato che, oltre al già noto versamento annuale, tranne quell'anno, cospicuo e regolare da quando la donna aveva aperto il conto presso il suo istituto, c'erano delle cifre in uscita, senza scadenze particolari, ma consistenti. A detta del direttore era improbabile, visto che c'erano stati prelievi di quel genere a distanza di una sola settimana e poi niente per mesi, che la donna effettuasse quei prelievi per onorare scadenze quali l'affitto o le rate per una macchina, ammesso che l'avesse. L'idea che lui s'era fatto era che dovesse dare quei soldi a qualcuno che glieli chiedeva. Chi e perché non riusciva a immaginarlo. Ma gli era sembrato importante riferire la sua ipotesi che fino a prova contraria era solo tale.

Il Riversi, deposta la cornetta, aveva cercato di raccogliere le idee.

Raccolto miserevole.

Il Marcalli per parte sua gli aveva detto che avrebbe cercato di capirne di più.

Ma come, dove, cosa?

Lui gli aveva detto che avrebbe fatto altrettanto.

Ma anche lui come, dove, cosa?

Con chi?

A quell'ultimo interrogativo s'era risposto.

Col Sisto, l'ultimo che aveva visto viva la donna e cui forse era sfuggito qualcosa, il particolare che nei gialli spesso risolve il caso, anche se quello che stava vivendo era un giallo solo nella sua testa.

75.

Che cazzo!, fu il pensiero del Sisto quando lo vide in attesa.

E giù un rosario di madonne, alla moda del Scatòn.

Non era mica lì per caso.

Anzi.

Prima il Saila, adesso il Riversi.

Che cazzo!

Il Sisto si mise le mani in tasca. Il lago non aveva ancora preso nota del mezzo phon, era piatto, faceva venir voglia di un sonnellino.

«Ho solo bisogno di verificare un paio di cosette», disse il maresciallo.

Il diminutivo era inquietante.

«Con te, visto che sei stato l'ultimo a vederla viva.»

Il Sisto rispose niente.

«O no?» fece il Riversi.

«Certo», si affrettò a confermare il Sisto.

E allora?

«Dunque.»

L'aveva mai vista prima? Mai accompagnata al cimitero o da qualche altra parte come quella domenica? Era sicuro che la donna non conoscesse il cimitero, che non sapesse che aveva due entrate? Era certo che gli avesse detto che doveva andare a trovare la tomba di uno defunto all'incirca un anno prima? Confermava che la donna oltre alle poche parole scambiate con lui prima di salire in macchina non avesse detto altro? Non c'era qualcosa che, ripensando a quella domenica pomeriggio così particolare visto l'accaduto, una giornata che non poteva non stamparsi per sempre nella memoria di chiunque, non c'era qualcosa che, ripensandoci, aveva dimenticato di riferire? Un'immagine, un'impressione, una cosa qualunque?

«Prova a chiudere gli occhi e a ripensarci. Guarda quel pomeriggio a occhi chiusi, ascoltalo», suggerì il maresciallo.

Il Sisto obbedì, chiuse gli occhi, si sentiva ridicolo, sperò che nessuno lo vedesse.

Rivide quel primo pomeriggio, tutto uguale a come lo ricordava, come aveva riferito, niente di particolare, la pace e il silenzio del cimitero, il silenzio interrotto per poco da un ganassa che fingeva di correre un rally lungo la strada che saliva verso la montagna. Quel rombo così particolare, inconfondibile.

Un'Alfa GTV, con la marmitta neanche regolare, ci avrebbe scommesso. Aveva l'orecchio esperto, lui. Un orecchio da meccanico.

76.

«Ma dov'eri?» fece il Bianchetti del bar della stazione.
«Perché?» ribatté il Sisto.
Ma che cazzo c'avevano tutti di fargli domande, di mettergli addosso un'agitazione come se avesse fatto qualcosa che non riusciva a capire?
«Come perché?» ribatté a sua volta il Bianchetti.
Perché se il suo mestiere era quello del tassista, a meno che non l'avesse cambiato senza dir niente a nessuno, aveva una chiamata arrivata circa una decina di minuti prima, un servizio da Bellano a Colico e ritorno.
«Ho preso nota dell'indirizzo», disse il Bianchetti.
Sempre che non gli facesse schifo.
«Scusa», mormorò il Sisto.
Ma non aveva ancora smaltito il nervoso che il tono, lo sguardo, l'insistenza del maresciallo gli avevano messo addosso. Tanto che, dopo essersi salutati, era andato di volata a cercare il Saila per sapere cosa cazzo avesse detto al maresciallo. Non c'era, gli aveva detto il tappezziere, l'aveva mandato a ritirare un paio di sedie.
Tanto prima o poi lo beccava.
Tornato da Colico il Sisto non fece nemmeno in tempo a scendere dalla macchina. Capì al volo che altro lavoro lo aspettava, c'aveva fatto su l'occhio ormai.
L'uomo lo stava aspettando sul piazzale esterno, davanti all'ingresso del bar. Una valigetta in mano, l'atteggiamento nervoso, la testa che continuava a girare di qua e di là.

Come parcheggiò il Bianchetti uscì dal bar.
«Deve andare a Lecco», gli disse. «Ha perso il diretto per Milano, da quello che abbiamo capito poi deve prendere un aereo.»
Straniero dunque.
«Sì», confermò il Bianchetti.
Qualunque cifra.
«Qualunque cifra pur di beccare il treno a Lecco e non perdere il volo.»
«Nessun problema», rispose il Sisto.
E, caricato il passeggero, partì sgommando.
La sua non era un'Alfa, ma anche il Millenove, quando serviva, sapeva il fatto suo.

77.

Giornata d'oro, come il colore del cielo.

Il Sisto aveva riempito il portafoglio.

Anche il Saila.

La vecchia dalla quale aveva ritirato le sedie gli aveva dato una bella mancia e gli aveva chiesto se, pagando, l'avrebbe anche aiutata a spostare certi mobili.

Uscì dal laboratorio del tappezziere e si trovò faccia a faccia col Sisto.

«Allora?» chiese il Sisto.

«Allora cosa?» rimandò il Saila.

«Si può sapere cosa hai detto al maresciallo?»

«Ancora con 'sta storia!»

«Ancora, sì.»

«Ma non gli ho detto niente.»

«E allora perché mi aspettava al tassì per farmi un pacco di domande?»

«Lo chiedi a me?»

«E a chi cazzo dovrei chiederlo? Ha parlato con te prima sì o no?»

«Gesucristo, ma quante volte te lo devo dire! Voleva solo sapere doveva abitava la Scatòn, la sorella del tuo meccanico!»

«Ah sì?»

«Sì. E se non ci credi, peggio per te!»

«Tu non me la conti giusta.»

«E te Sisto mi hai rotto i coglioni.»

«Ah, poveretto!»

«Ma poveretto te! E adesso se non ti spiace...»

Il Saila fece un passo di lato, la mossa di andarsene. Il Sisto gli mise una mano sulla spalla.

«Invece mi dispiace. Da qui vai via solo dopo che mi hai detto la verità.»

Il Saila tirò un respiro fondo. Prese con due dita la mano del Sisto, se la spostò dalla spalla.

«Sisto, le mani tienile in tasca, dammi retta.»

«E tu dimmi quello che hai detto al maresciallo.»

Il Saila strinse le labbra a culo di gallina e si fece sotto.

«Gli ho detto quello che voleva sapere. Cioè dove abita la Scatòn», sillabò. «Se vuoi saperne di più, va' su da lei, così ti racconta un po' dell'odore sulle scale.»

Poi, salutando con un gesto della mano, lasciò lì il Sisto allontanandosi con un passo da cowboy e imitando il miagolio dei gatti.

78.

Appunto quelli, i gatti.

Animali infidi.

Un po' come la Scatòn, ragionava il Riversi.

L'aveva sparata un po' grossa riconoscendo la suora storta come la cameriera che l'aveva sostituita in casa dell'Agliati.

A trent'anni di distanza o giù di lì, dopo averla vista una sola volta.

Quasi incredibile.

Erano le otto, aveva cenato, era ancora seduto, stava seguendo il telegiornale. L'annunciatore parlava ma lui non ascoltava.

La moglie, seduta accanto a lui, lo stava guardando. Lo sentiva distante da lì, immerso in altri pensieri.

«Cosa ti passa per la testa?» chiese.

Gatti, avrebbe voluto rispondere.

Invece non era così.

Stava pensando ai figli, i figli di tutti, i suoi, che ancora non aveva, e a quelli degli altri.

Era un pensiero complicato, ordinato finché stava nel silenzio della sua mente. Invece, se solo avesse tentato di tradurlo in parole, si sarebbe confuso, sarebbe diventato banale. Ma se pensava a suo figlio, a quello che avrebbero messo al mondo quando finalmente avessero avuto un ambiente consono a riceverlo, l'immagine si sovrapponeva a quella donna, quella che era morta nella macchina del Sisto. Morta così, miseramente, sul sedile posteriore di un tassì, senza la consolazione dello sguardo o della mano di un figlio o di una figlia. L'aveva detto il dottore. Un parto Vera Marzorati l'aveva avuto, un figlio almeno l'aveva messo al mondo. Forse già morto anche lui. E che dolore poteva provare un genitore davanti alla morte del proprio figlio?

Ma se invece era ancora vivo, dov'era?

Viveva, camminava, mangiava, dormiva dentro lo stesso spazio temporale, in quella stessa cornice dentro cui sua madre era morta, senza che lui ne sapesse niente.

Certo, rifletteva il maresciallo, non avrebbe dovuto lasciarsi coinvolgere così, sovrapporre immagini e sentimenti. Un tale coinvolgimento non faceva bene alle indagini, lo sapeva.

Ma in fondo quella non era un'indagine.

«Allora», interloquì ancora sua moglie, «a cosa stai pensando?»

Lui sospirò.

«Ai gatti», rispose.

«Gatti?» fece la moglie.

Proprio a quelli. Il che, tradusse il Riversi, significava che stava pensando alla Scatòn, a quello che gli aveva raccontato e al fatto che non riusciva a decidere quanta credibilità assegnare alle parole di quella donna.

«Chi potrebbe dirlo?» commentò la moglie.

«Forse...» si interruppe subito il Riversi.

«Forse?» fece la moglie.

«No», rispose l'uomo scuotendo la testa.

Poteva essere un'idea ma non gli sembrava praticabile. In fondo, come aveva già pensato, quella non era un'indagine.

«Forse qualcuno potrebbe?» insisté la donna cercando di stimolarlo a concludere ciò che aveva appena iniziato a dire.

«Sì, ma... insomma...» rispose il maresciallo. «Stavo pensando alla perpetua del prevosto. Conosce, o conosceva abbastanza bene la Scatòn, magari ne sa qualcosa di più.»

«E allora», commentò la moglie, «che problema c'è?»

«Be'...» fece il Riversi. «Tornare là in divisa... sai le storie che ci si possono ricamare? La canonica sotto inchiesta?» recitò ridendo.

La moglie restò seria invece.

«E chi ti dice di andarci in divisa», osservò.

Il Riversi la guardò.

«Cioè?»

«Vacci così, come sei adesso», spiegò la donna.

«Adesso?»

«Anche, perché no?»

79.

Pane, amore e fantasia.

Glielo aveva fatto ricordare sua moglie sulla porta di casa.

«Assomigli un po' a De Sica in quel film.»

«Non credo che compaia mai in maniche di camicia», aveva risposto lui.

«Certo che sì», aveva ribattuto la moglie.

«No invece», aveva insistito lui.

«Ti dico di sì.»

Il Riversi sarebbe andato avanti fino a notte inoltrata con quella discussione. Gli importava niente di avere ragione. Il film l'aveva visto, una volta. Si era divertito ma fino a un certo punto, gli piaceva mica tanto la figura di quel maresciallo farfallone. Ma avrebbe approfittato di qualunque motivo pur di rinunciare a quello che stava per fare.

Andare ancora dal prevosto, disturbare...

Farsi prendere per uno che correva dietro alle fantasie, come De Sica dietro alle gonnelle, invece di badare alle cose serie.

«Fa' in fretta», gli aveva però detto la moglie.

Con quel certo tono...

E lo sguardo che sorrideva...

Così era partito e adesso aveva suonato alla porta della canonica.

Fu felice di veder comparire alla porta la perpetua. Vista l'ora, erano le nove passate da poco, temeva che fosse già a letto. Chissà perché, ma aveva l'idea che le perpetue si coricassero con le galline.

La donna si portò una mano alla fronte, aguzzando la vista. Non l'aveva riconosciuto.

«Ma chi è?» chiese.

«Sono il maresciallo», rispose il Riversi, e si frenò prima di aggiungere: «Non si spaventi».

In quell'istante alle spalle della perpetua comparve il prevosto. Pure lui in maniche di camicia, bianca, e con indosso un gilet nero, colletto slacciato e senza veste. L'idea che il Riversi s'era appena fatto – parlare solo con la perpetua e chiudere lì la faccenda – crollò.

«Venga dentro», disse il sacerdote.

«Non vorrei disturbare», rispose il Riversi.

Una sciocchezza, l'aveva già fatto.

«Qual buon vento?» chiese don Cantoni una volta che il maresciallo fu nella luce del corridoio.

Una frase da prete, pensò il maresciallo.

«Mi dispiace disturbare», ripeté.

80.

Solo certi romanzieri che non conoscevano la vita pensavano che le perpetue andassero a letto con le galline oppure ascoltassero le chiacchiere dei sacerdoti orecchiando ingobbite dietro le porte chiuse.

Quella lì invece se ne stava seduta nel giardinetto, a lato della magnolia, e il maresciallo se la trovò davanti all'improvviso, uscito dalla canonica. Tanto all'improvviso che ebbe un sobbalzo.

«Mi scuso», disse la perpetua.

Ma lei aveva quell'abitudine: quando qualcuno doveva conferire col prevosto e lui se lo portava in studio a segno che si trattava di cosa riservata, lei si allontanava, non voleva dare adito a sospetti su di lei, sapeva bene le balle che si raccontavano sulle perpetue. Se era bel tempo stava lì in giardino in attesa che il colloquio finisse, se era brutto andava in chiesa a dire qualche preghiera.

«E mi scuso anche per non averla riconosciuta prima», aggiunse.

Ma, sapeva, un maresciallo senza divisa...

Il Riversi attese che anche la perpetua citasse De Sica ma non accadde, quindi salutò e si avviò verso casa. Ma anziché traversare la piazza in diagonale e arrivare rapidamente a casa, preferì imboccare via Roma e fare un giro largo.

In sottofondo sentiva ancora il tono insinuante con il quale la moglie gli aveva detto di fare in fretta. Disturbato però dall'altro tono, quello profondo e disincantato del prevosto che l'aveva pregato di lasciare in pace la perpetua («Quello che poteva dirle gliel'ha già detto, ne sono sicuro»), e di spiegare a lui cos'era tutto quell'interesse per una faccenda di trent'anni prima.

«Non lo so», aveva risposto il Riversi.

Poi s'era corretto.

«Non lo so, ma qualcosa c'è.»

Davanti al sacerdote, silenzioso, aveva parlato come se si stesse confessando. Aveva messo in fila come fossero peccati tutti gli elementi di una storia quantomeno strana: quella donna, quella Vera Marzorati che viene a Bellano una domenica pomeriggio per andare al cimitero, un cimitero che non conosce. La sua morte in macchina. La fotografia trovata nel vestito che traccia un legame con quella che tutti chiamavano la suora storta e il figlio del notaio Agliati. Il suo conto in banca, un conto di tutto rispetto, con dei movimenti in uscita che destano qualche pensiero. E infine quello che la sorella del meccanico gli aveva detto quella stessa mattina, la cameriera che aveva visto dalla finestra a casa dell'Agliati e che...

«L'ha vista una volta sola, quasi trent'anni fa e per un tempo brevissimo», aveva interloquito il prevosto.

«D'accordo, ci ho pensato anch'io», aveva ripreso il Riversi, «però ammetterà che la situazione sembra tutt'altro che chiara.»

«La mia perpetua non può certo contribuire a risolverla», aveva detto il sacerdote, «sempre ammesso che ci sia qualcosa da chiarire.»

«Certo», aveva acquisito il Riversi, «ma vorrei venirne a capo. Sempre che un capo ci sia.»

Il prevosto aveva sorriso. La caparbietà di un carabiniere.

«Perché lo fa?» aveva chiesto. «Che io sappia non ci sono crimini.»

«Nessun crimine», aveva confermato il Riversi.

«E allora?»

Era stato lì per rispondere che lo faceva per i figli, per suo figlio, per quell'immagine di lontananza, di affetto e malinconia che gli era nata dentro e che gli impediva di non pensare alla donna morta sul tassì e al mistero, se c'era, che s'era portata nella tomba. Ma anche in quell'occasione, come prima con la moglie, aveva avuto la certezza che se avesse aperto la bocca per spiegare si sarebbe confuso e il prevosto non avrebbe compreso un accidente.

«Forse perché non ho molto altro da fare in questo periodo?» aveva buttato lì, volutamente scherzoso.

Il prevosto aveva fatto finta di credergli.

«Due sole persone», aveva detto, «potrebbero darle le risposte che cerca, sempre che ci siano, beninteso.»

Una era la suora storta, che ormai risiedeva presso una casa per religiosi, un istituto gestito dalle suore della Misericordia e della Croce, nel pavese.

L'altra era il terzo soggetto che compariva nella foto, il figlio del notaio Agliati.

Tra i due, lui era quello sottomano.

Sul ponte del Pioverna, investito dalla bella aria che scendeva dalla montagna, il Riversi si fermò e diede un'occhiata al panorama.

C'era una mezza luna in cielo, lontana come la suora storta.

81.

Nessuna precauzione, basta tergiversare.

Non s'erano detti niente, né lui né sua moglie. Avevano agito di comune accordo, senza parlare, come se entrambi avessero capito che era ora di rompere gli indugi, riempire un vuoto che si stava quasi materializzando.

Al mattino lei s'era svegliata insieme con lui e gli aveva sorriso. Poi s'era battuta le mani sull'addome.

«Era ora», aveva detto.

«Sei sicura?» aveva chiesto lui.

«Vedrai.»

Basta tergiversare.

Era stato così facile poche ore prima nell'intimità con sua moglie. Lo fu altrettanto quando, con la cornetta in mano, dopo aver chiamato, sentì in risposta una voce di donna.

«Chi è?»

Ecco!

Non ci aveva pensato il Riversi.

Come qualificarsi?

Maresciallo?

Ma non era per una telefonata ufficiale, tenendo anche conto che stava chiamando a casa di un avvocato.

D'altronde...

«Sono il maresciallo, ma...»

«Ma?» chiese la voce femminile.

Un po' asciutta, un po' sulle sue.

Il Riversi voleva dire che, pur essendo maresciallo, non

trovando altra maniera per qualificarsi, non telefonava in quanto tale: aveva solo bisogno di chiedere all'avvocato Agliati certe cose.

«Mio marito non c'è», rispose la donna, qualificandosi così come la moglie dell'avvocato.

Be', il Riversi mica pretendeva che fosse lì, alle spalle della moglie, a farle cenno di sì o no, a seconda dell'identità di chi aveva chiamato.

«Quando lo potrei trovare?» chiese il Riversi calcando sul condizionale.

«Può dire a me», rispose la moglie.

Ma no... cioè...

«Si tratta di una faccenda un po' complicata... nemmeno complicata... il fatto è che con suo marito diventerebbe più facile... insomma», cercò di chiudere il maresciallo, «preferirei parlarne direttamente con lui.»

Ci fu un istante di silenzio.

Lesa maestà?, rifletté il Riversi.

«Va bene, riferirò», rispose la donna.

Lesa maestà.

82.

I capelli radi e corti, taglio all'umberta. Inquartato, odoroso di fumo, i masseteri che continuavano a contrarsi.

«Sono l'avvocato Agliati. Posso?»

L'interrogativo era un di più, algida cortesia. Il Riversi tardò un istante a rispondere, ancora scombussolato per la sorpresa della visita. Sorpresa che era cominciata poco prima quando il campanello di casa aveva squillato. Da che era lì, era successo in due sole occasioni: la notte in cui era morto il padre dell'avvocato e, sempre di notte, quando un pescatore s'era imbattuto in un cadavere che galleggiava a pochi metri dalla riva del lago. Conoscenti che potessero fargli improvvisate del genere non ne aveva in paese, men che meno parenti.

«Chi può essere?» aveva chiesto quando il campanello era squillato.

La moglie si era limitata a scuotere la testa per non accodarsi alla banalità della domanda.

Quando il Riversi rispose, l'Agliati era già nel corridoio di casa.

Il maresciallo si costrinse a dire: «Si accomodi».

«Non voglio farle perdere troppo tempo», disse l'avvocato.

Ma il tempo era lui a non volerlo perdere, rifletté il maresciallo.

«Possiamo parlare anche qui», disse infatti l'Agliati, «tanto non credo che ci vorrà molto.»

«Ma ci mancherebbe», fece il Riversi facendo strada e dirigendosi verso il salottino.

La moglie era già in piedi, pronta a ricevere l'ospite. Il maresciallo fece le presentazioni. Sul viso della donna comparve un'effimera espressione di sorpresa.

Non passava giorno ormai senza che suo marito lo nominasse...

Il Riversi inclinò appena la testa, sua moglie comprese.

«Vi lascio soli», disse.

Poteva portare qualcosa, un caffè?

Fu l'avvocato a rispondere.

«Non si disturbi.»

Non si sarebbe trattenuto più di tanto. Ne era talmente certo che rifiutò di accomodarsi.

«Mi dica, allora. Mia moglie mi ha riferito che stamattina mi ha cercato ma... non ricorda esattamente per che motivo.»

Il Riversi sorrise.

«Non può ricordarlo, visto che non gliel'ho riferito», ribatté.

«Certo, certo. Spero che lo voglia dire a me.»

«Come no! Le sembrerà sciocco, ma volevo solo mostrarle una fotografia.»

«Ah sì?»

«Se ha un attimo di pazienza...»

La teneva nella giacca della divisa, tasca interna.

Tornato nel salotto, prima ancora di mostrarla all'Agliati, lo invitò la seconda volta ad accomodarsi.

«Proprio non vuole?»

«Come le ho detto, maresciallo» rispose l'avvocato, «non vorrei farle perdere troppo tempo.»

«Come crede», rispose il Riversi restando a sua volta in piedi. «È questa», aggiunse subito mostrando la foto.

L'Agliati la prese, la guardò emettendo un lungo respiro. Poi la restituì al Riversi.

«C'è altro?» chiese.

Il Riversi avvertì un moto di stizza, un calore che gli saliva in viso.

«Mi incuriosiva solo», rispose mantenendo la calma, «sapere se lei poteva avere qualche informazione...»

Sospese la frase. Si mise a lato dell'Agliati. Tenendo la foto con la sinistra, usò l'indice destro per indicare la donna che era morta sul tassì del Sisto.

«...qualche informazione su questa donna», concluse.

«Io?» fece l'avvocato.

«Be', visto che c'è lei tra le due donne...»

L'Agliati sembrò fissare la fotografia. Oppure stava pensando a tutt'altro.

«È lei, no?» ribadì il maresciallo.

Quello si riscosse.

«Sì», confermò, «sono io.»

Era lui, sebbene con molti capelli in più e altrettanti chili in meno.

«E con questo?»

«Pensavo...»

«Cosa?» interloquì l'Agliati.

Una coltellata.

Cosa pensava il maresciallo?

«Forse che potessi ricordare chissà che di una fotografia di cui non sospettavo nemmeno l'esistenza?»

Che potesse dire dov'era, con chi era, perché era lì?

Solo guardando una fotografia di almeno... almeno una trentina di anni prima?

Il tono affilato dell'Agliati non smontò il Riversi.

«Proprio», rispose.

Pensava esattamente così.

«Sarebbe importante per...»

L'Agliati scosse la testa.

«Maresciallo...»

Fu un'impressione. Ma al Riversi parve che il tono dell'avvocato si fosse fatto improvvisamente più morbido.

Ebbe un pensiero stupido, l'avvocato stava appellandosi alla clemenza della corte...

«L'unica cosa che le posso dire», riprese l'Agliati richiamandolo al presente, «che le posso confessare», calcando il tono sul verbo e sorridendo, «è la malinconia che mi viene vedendo com'ero trent'anni fa. Per il resto...»

«Non ricorda chi sono le due giovani con lei?»

«Ma no...»

«Magari ricorda chi ha scattato la foto.»

«Nemmeno, maresciallo. Ero all'università allora, studiavo.»

«E allora?» sbottò il Riversi.

Non capiva il senso dell'uscita...

«Be', sa com'è, si andava di qua e di là nei momenti liberi dallo studio, la domenica soprattutto. Stavo a Milano allora, ospitato presso certi cugini di mio padre. I giorni di festa invece di tornare a casa spesso me ne andavo in giro... si facevano conoscenze... eravamo giovani, tutto lì!»

E le due della foto potevano essere proprio due conoscenze occasionali.

«Probabilmente ci siamo fatti un giro da qualche parte o siamo andati al cinema o a ballare. Niente di più facile che dietro la macchina fotografica, a scattare la foto ci fosse un mio compagno di studi di allora che adesso chissà dov'è.»

Toccò al Riversi sospirare.

«Se le cose stanno così...»

«Le cose stanno così», lo interruppe l'Agliati.

Nessun se.

Peggio per lui, rifletté allora il maresciallo e tenne per sé il resto della frase.

Perché, se le cose stavano così, non aveva altra alternativa che sentire cosa ne pensava, cosa ricordava di quella foto la donna che tutti chiamavano la suora storta.

83.

Tante cose col minimo di parole.

L'essenziale.

Il Scatòn usava così.

Quando il meccanico apriva la bocca, il Sisto doveva aprire bene le orecchie.

Il Scatòn parlava poco e non ripeteva.

Tra i tanti insegnamenti quello, mostrare sicurezza davanti al cliente, alle sue richieste.

Dire sì o no, senza esitare.

Meglio, ovviamente, dire sì.

Disse sì il Sisto al Riversi quando il maresciallo gli domandò se se la sentiva di portare lui e forse un'altra persona a Rivanazzano.

«Sì. Quando?» chiese.

«Te lo dirò, tieniti pronto», l'avvisò il Riversi.

Quando l'aveva visto fare vela verso di lui, il Sisto era sceso dal Millenove parcheggiato al solito posto nel piazzale esterno della stazione.

"Che cazzo vuole ancora?" s'era chiesto.

Adesso, guardandolo mentre si allontanava, dopo aver detto sì, si stava chiedendo dove cazzo fosse Rivanazzano.

Entrò al bar della stazione.

«Ce l'hai per caso una cartina stradale?» chiese al Bianchetti.

«Sei te il tassista», gli rispose quello.

Ma dopo aver frugato per un po' in una pila di guide del telefono, gli tese un atlante stradale.

84.

L'aveva detto anche il *Gazzettino Padano*. Se il cielo fosse stato sereno, oltre a vedere Giove e Venere, sarebbe stato possibile osservare la Luna in congiunzione con Saturno.

Bisognava avere perlomeno un cannocchiale sottomano però, e in casa Riversi non c'era.

«Peccato», disse la moglie del maresciallo.

Il cielo era sereno, il Riversi fingeva di esserlo.

Man mano che l'ora della partenza si avvicinava, più di un dubbio veniva a galla.

«Speriamo che non sbagli troppe volte la strada», disse alla moglie subito dopo essersi infilato a letto.

La sveglia puntata, alle cinque del mattino.

Ma non era quello, non era il pensiero del Sisto che ormai s'era stampato nella mente tutto il tragitto da Bellano a Rivanazzano, paese dopo paese, strada dopo strada fino a Voghera per imboccare la Statale 461 e arrivare a destinazione.

Non aveva senso mettere in ansia anche sua moglie, tanto non avrebbe potuto farci niente. Ormai la gita a Rivanazzano era decisa, il Sisto sarebbe passato a prenderlo alle cinque e trenta precise come da raccomandazione. Per poi passare a caricare il secondo passeggero, il passaporto per non trovare ostacoli all'ingresso dell'istituto delle suore della Misericordia e della Croce di Rivanazzano presso il quale era ricoverata la suora storta.

S'era definito così da sé il prevosto, dopo aver ascoltato la richiesta, il piano del maresciallo.

«Insomma, lei vuole che le faccia da passaporto?»

«Ovviamente non deve sentirsi obbligato», aveva risposto il Riversi.

«Ovviamente», aveva chiuso il prevosto.

Poi avevano concordato il giorno della gita.

L'aveva definita così, facendo sorridere il sacerdote.

D'altronde, cos'altro era?

S'era preso un giorno di permesso, non avrebbe indossato la divisa, non avrebbe preteso, avrebbe cortesemente chiesto... anzi, avrebbe fatto chiedere al prevosto il permesso di visitare la suora storta e di parlare con lei.

Le indagini avevano ben altra cornice.

Quindi vedeva bene anche il signor prevosto, che quella altro non era che una gita che poteva finire con un bel buco nell'acqua...

«Oppure...» aveva buttato lì don Cantoni.

Il Riversi avrebbe preferito non sentire quello che il prevosto aveva poi detto. Era già stato sfiorato da quel pensiero ma aveva fatto di tutto per tenerlo lontano.

«Oppure col rischio di pestare qualche nobile callo.»

Il Riversi sapeva che i momenti prima dell'azione erano i migliori alleati dei dubbi.

Quando sentì il rumore soffocato del Millenove del Sisto era sveglio e si sentì sollevato. Si vestì senza far rumore e uscì, godendo della pace che aveva visto sul viso di sua moglie immersa nel profondo del sonno.

85.

Un prete in clergyman il Sisto non l'aveva mai visto. E nemmeno aveva mai visto un autogrill. Ne aveva sentito parlare dal Marola che andava in giro col camion.

«Come negozi ma di più», glieli aveva descritti il camionista.

Con dentro anche un sacco di figa.

Era stato per via di quell'informazione, avendo un sacerdote in macchina, che non aveva osato chiedere ai passeggeri se desiderassero effettuare una fermata, quando passò all'altezza di quello, largamente annunciato, di Dorno.

Tirò dritto, rimpiangendo l'occasione perduta, chissà quando ne avrebbe avuta un'altra.

Via via che i chilometri passavano, il Sisto si era sentito più sicuro, un vero tassista, uno che se volevi poteva portarti in capo al mondo: bastava seguire, imparare a memoria una cartina stradale. Tutta una sicurezza che svanì, s'involò dal finestrino tirato giù due dita appena, quando uscì al casello di Casei Gerola e si ritrovò fuori dalla rassicurante geometria dell'autostrada.

Avvertì immediatamente lo sguardo del Riversi che, nonostante avesse insistito, non era riuscito a convincere il prevosto ad accomodarsi davanti, di lato all'autista.

«Ce l'hai presente la strada?» chiese il maresciallo.

Il Sisto fece un cenno, sì.

«Gira a destra allora», intervenne immediatamente il Riversi, notando che il Sisto non aveva ancora messo la freccia e indicando un cartello che segnalava la direzione per Voghera.

Destra, sinistra, avanti dritto.

Andò avanti così il Riversi, nonostante il Sisto avesse compreso al volo che, più che fidarsi della cartina stradale che s'era stampato in mente e delle parole del Marola, valeva la pena seguire le indicazioni dei cartelli, come faceva il maresciallo.

Così, sbagliando appena un paio di volte e grazie a una inversione a u autorizzata dallo stesso Riversi, allo scoccare delle nove giunsero davanti al cancello dell'Istituto di Ricovero per Religiosi.

Fu il prevosto il primo ad aprire la bocca una volta sceso dal Millenove.

«Da qui passava la via del sale lombarda», disse.

C'entrava niente, aggiunse, era solo un ricordo che grazie al paesaggio era emerso dalla memoria.

Il Riversi fece un cenno col capo, una specie di sì, come se avesse intuito ciò che il sacerdote aveva forse voluto intendere: che loro due erano una sorta di paesaggio davanti al quale forse la memoria della suora storta si sarebbe risvegliata.

86.

La sorpresa fu una ruga in più sul volto della suora che aprì loro la porta.

«Sono suor Elezia», disse. «Desiderano?»

Il prevosto si presentò.

«Ho forse parlato con lei per telefono qualche giorno fa?» disse.

«Sì», confermò la religiosa, «ma...»

Ma non aveva detto che sarebbero stati in tre.

«Due», corresse il prevosto. «Vede, madre, all'ultimo minuto, sapendo che dovevo recarmi a Voghera per certe cose, questo mio parrocchiano si è aggiunto.»

Il maresciallo Riversi chinò il viso sentendosi arrossire.

«Deve molto a suor Teresa...»

Teresa si chiamava dunque la suora storta: il Riversi memorizzò all'istante il nome, senza immaginare che lo stesso prevosto aveva dovuto fare ricerche presso le consorelle Misericordine dell'ospedale per ricordarselo.

«...per ciò che ha fatto nel periodo trascorso presso il nostro ospedale, l'assistenza a sua madre nel periodo in cui vi è stata ricoverata.»

Suor Elezia accolse la spiegazione, ma...

Il prevosto intuì l'obiezione.

«L'altro non c'entra», disse. «È solo l'autista che ci ha accompagnato.»

«Va bene», fece la suora spostandosi dall'atrio e lasciando entrare i tre.

«Se non le spiace», disse poi rivolta al Sisto, «può accomodarsi e aspettare qui nella saletta a lato.»

«Non gli spiacerà», intervenne d'istinto il maresciallo.

Il Sisto, da vero professionista, non fece una piega ed entrò nella saletta.

«Bene», fece la suora, «allora vi accompagno.»

Bisognava salire al secondo piano, l'ultimo, dell'edificio. Il più piccolo, spiegò suor Elezia, degli otto che la congregazione aveva sparsi in tutta Italia.

«Teniamo trentadue ospiti qui», precisò.

Alcuni troppo anziani per svolgere ancora mansioni in parrocchie, asili, ospedali.

«Altri troppo malati.»

«Come la suora stor...» sbottò il maresciallo.

«Come suor Teresa?» si sovrappose il prevosto.

«Sì», confermò la religiosa.

Anche se lei rappresentava un caso particolare, sorta di via di mezzo tra i due estremi.

Una malattia, la sua, non letale da condurla alla tomba ma comunque grave da limitarne molto l'attività, a volte impedirle di alzarsi dal letto.

«Le articolazioni, sa», disse la religiosa dando l'impressione di voler parlare solo col prevosto, come se il Riversi non fosse presente, «una specie di artrite che non ha quasi cure e che si mangia le ossa come se fossero biscotti.»

Arrivati al primo piano suor Elezia si fermò, imponendo la sosta anche ai due ospiti. Per un istante l'aria si riempì di un fischio. Usciva dalle labbra della suora che si batté una mano sul petto.

«Asma», disse, «è l'età!»

Però..., continuò, riprendendo a camminare lungo il corridoio che portava alla scala per il secondo piano.

Però ogni tanto quella specie di artrite la lasciava un po' in pace. C'erano giorni in cui suor Teresa stava abbastanza bene ed erano quelli in cui non voleva quasi aiuto.

«Quando è così cerca di fare tutto da sola.»

Pulizie della camera, il letto...

«Tenta anche di dare una mano a me e alle altre consorelle con gli ospiti.»

Salita la seconda rampa di scale fu il prevosto a imporre una sosta.

«Ma fa un po' pena vederla muoversi», commentò suor Elezia, «tutta così...»

«Storta?» sbottò il maresciallo.

La religiosa allargò le braccia.

«Sì, è brutto dirlo ma è proprio così», ammise.

«E oggi come sta?» chiese il prevosto.

«A dire la verità, non l'ho ancora vista», rispose la suora.

87.

La saletta d'attesa.

Il Sisto ne aveva fatta una ricognizione.

Un tavolo, un tavolino, sei sedie. Qualche rivista, vecchia, roba dei missionari.

Un crocefisso di legno, la foto di un cristo in croce con sotto una scritta colorata.

Una cassapanca sulla parete di fondo coperta da una tovaglietta di pizzo.

L'odore di chiuso. Di chiesa, di pomeriggio. Di lontananza, di desiderio di un gelato. Una finestra sola.

Un paesaggio piatto, inanimato.

Le parole del Marola sugli autogrill, sulla fauna che li abitava.

Un sacco di figa.

La suora aveva chiuso la porta della saletta, le parole del camionista avevano preso subito vita.

Magari al ritorno, stava pensando il Sisto.

Magari, con la scusa di fare benzina.

Magari.

88.

«Magari dorme ancora», disse suor Elezia.
Aveva bussato.
«Suor Teresa?»
Aveva atteso una risposta.
«Suor Teresa, c'è quella visita.»
Forse dormiva ancora.
Invece no.
La porta della camera si aprì lentamente, quel tanto che permise a suor Elezia di vedere il volto di suor Teresa e ai due, curiosi alle spalle della religiosa che li aveva accompagnati, di guardare a loro volta.
Sembrava che l'ospite avesse inclinato di lato il capo per guardare chi aveva bussato tenendo il resto del corpo dietro la porta.
Invece no.
Quando aprì del tutto la porta, a prevosto e maresciallo fu chiaro che quella era la posizione abituale del capo di suor Teresa, una condizione alla quale la sua testa si era adattata via via col passare degli anni mentre la sua schiena si era deformata assumendo la figura di una esse mal disegnata. Il viso manteneva una certa freschezza, la levigata freschezza che al Riversi ricordò le cerimonie religiose con le quali si entrava nel mondo della fede, le risa e le feste e i regali che animavano i battesimi, le cresime, le comunioni.
Penne stilografiche e catenine leggere leggere.
In un lampo vide il gesto che la moglie gli aveva fatto qualche giorno prima, quel battere la mano sull'addome.

Poteva essere una felice predizione?
«Volete entrare?» chiese la suora storta.
La voce era come il viso, completamente staccata dal resto del corpo, martoriato, faticoso.
«Avanti», disse suor Elezia.
I due entrarono.
La porta si chiuse discreta.
Un letto, un comodino, un piccolo armadio laccato, un'immagine della croce sulla parete.
Una bottiglia d'acqua, un bicchiere, un libro di preghiere con la croce impressa in un funebre argento.
Fu il Riversi a prendere la parola per primo.
Parlò per dire chi era e perché era lì.

89.

Gli sarebbe piaciuto saperlo.

Ma un bravo tassista non si deve impicciare del perché i clienti vanno in un posto o in quell'altro.

Guida, tace o al massimo risponde alle domande che gli fanno.

La suora storta aveva appena risposto a quella del maresciallo Riversi.

Le aveva lasciato in mano la foto quel tanto di tempo perché lei potesse inquadrare i soggetti ritratti, rinverdire il ricordo.

«È lei, vero?» aveva chiesto poi il maresciallo.

Quella a destra dell'Agliati.

«Sì», aveva risposto la suora storta, ma rivolgendo lo sguardo al prevosto.

Fino a quel momento era rimasta in piedi.

Tutti e tre in piedi.

Per un po' il silenzio era calato nella stanza.

Lo ruppe la suora storta.

«Scusate», disse, e si sedette sul bordo del letto.

Poi mormorò una parola che sulle prime nessuno dei due comprese.

Fu il prevosto a chiederle di ripetere.

Aveva detto perché.

«Perché?»

90.

Poteva essere lì da dieci minuti come da un'ora.

Non aveva orologio, mai portato.

Di solito si regolava coi treni che arrivavano e partivano. Se no, cosa gli importava? Il tempo passava comunque.

Non lì dentro però.

Il Sisto aprì la porta della saletta.

Uno spiraglio, giusto per guardare.

Il corridoio, vuoto e lustro. Una fila di porte chiuse. Una luce che aveva un peso silenzioso.

Buttò, da quello spiraglio di porta verso il vuoto del corridoio, un colpo di tosse, casomai qualcuno, o qualcosa, reagisse.

Niente.

Allora uscì.

In fin dei conti chi glielo faceva fare di rimanere chiuso dentro quella saletta? Gli sembrava di essere il Manina in galera. E poi c'era quel pensiero, l'autogrill pieno di figa, che non se ne andava. Un pensiero che voleva aria. E sicuramente ce n'era di più, lì di fuori, anche se fuori non c'era granché.

Un bel posto di merda, tutto sommato.

Fece due passi, con l'impressione di lasciare ben precise impronte su quel pavimento di cera. Si fermò per controllare. Poi, con le scarpe che cigolavano, riprese fino alla porta d'ingresso.

Che era chiusa, come se da lì potesse scappare qualcuno, o qualcosa.

O entrare qualcuno o qualcosa.

Magari il tempo che passa, venne da pensare al Sisto, visto che anche l'aria sembrava di gesso, immobile.

91.

Trent'anni, e adesso perché?, aveva appena chiesto la suora storta.

«Perché...» fece per rispondere il prevosto.

Nel tono della suora aveva colto una nota diversa, stonata. Come se non fosse riuscita a controllarlo.

Ma il Riversi gli rubò l'aria.

«Reverendo, mi scusi.»

Se permetteva...

Gli occhi del sacerdote erano ancora fissi in quelli della suora benché il maresciallo si stesse spiegando, parlando con lei.

«Perché probabilmente c'è... anzi, potrebbe esserci un figlio o una figlia...»

Non aveva la certezza assoluta ma molti indizi in proposito...

«...qualcuno insomma che ancora non sa che sua madre è morta accidentalmente, una domenica pomeriggio, sul sedile posteriore di un tassì. E noi... io...»

Il maresciallo si ingarbugliò con le parole.

Noi... io... mentre la suora storta gli fissò in viso il suo sguardo chiaro, staccandolo da quello del prevosto.

Il Riversi taceva.

Come poteva spiegare la sensazione che provava, il sovrapporsi dell'immagine di un figlio lontano e incosciente con quella del figlio che forse gli stava arrivando, lontano e incosciente anche lui, ignaro di tutto e con davanti un destino sconosciuto...

Ma la suora storta fece per dire qualcosa.
Sembrava un pesce che boccheggiava.
Anche un po' ridicola.
O forse stava poco bene?
«Si sente male?» chiese infatti il prevosto, anticipando di un secondo il Riversi, invitandolo a tacere ponendogli una mano sul braccio.
La suora storta chiuse gli occhi, fece un cenno col capo.
No, no...
«Era un'amica...» biascicò.
«Capisco», fece mogio il prevosto.
Seguirono alcuni istanti di silenzio commosso.
Poi la suora riprese.
«C'è un altro...» mormorò.
«C'è un altro?» la incalzò il Riversi nonostante la mano del prevosto.
«C'è un altro... Cosa intende?» ripeté il sacerdote.
«Un altro figlio», mormorò la suora storta, a testa china, le parole che sembravano cadere sul pavimento della stanza.
«Un altro figlio?» sbottò il prevosto.
«Un altro?» si aggregò il Riversi. «E lei per caso saprebbe...»
«Maresciallo, per favore», lo riprese il prevosto.
La suora storta stava ancora parlando. Le sue parole continuavano a cadere sul pavimento della stanza, adesso con le lacrime che bagnavano la piastrella scura ai piedi della religiosa. Nessuna a mischiarsi con l'altra, notò il maresciallo, ciascuna in un posto diverso, casualmente oppure, come i figli, seguendo un destino che si sarebbe rivelato giorno dopo giorno.
Un altro figlio, aveva ripetuto la suora storta.
Che non sapeva di sua madre.
Che ignorava che sua madre fosse ancora... viva.
«Viva?» sbottò il maresciallo.
Viva?

Ma cosa stava dicendo?

«Perdonatemi», interloquì, «ma sul fatto che Vera Marzorati sia morta non ci sono dubbi. L'ho vista io, l'ha vista il dottore, l'ha vista perfino quel tipo che pensava fosse sua madre. È talmente morta che è già sottoterra da qualche giorno!»

Né la suora né il prevosto sembravano però averlo ascoltato.

«Sorella», disse il sacerdote, «mi guardi.»

La suora storta levò adagio il viso, l'ombra del cappuccio lo oscurava in parte.

Il maresciallo aggrottò la fronte.

«Dica tutto», fu l'invito del prevosto.

«Sono qui», disse la suora storta, «sono davanti a voi.»

Sono quella madre.

Il prevosto si coprì gli occhi.

Il maresciallo lo guardò. Articolò un paio di frasi senza riuscire a pronunciarle.

«Sta dicendo...»

Ma non sapeva se rivolgersi alla suora, al prevosto, all'aria della stanza, alla piastrella ancora bagnata di lacrime.

Non sapeva se fosse davvero possibile ciò che credeva di aver capito.

92.

Aspettavano di morire quelli che stavano dentro lì, glielo aveva detto il signor prevosto.

Vecchi o malati.

O addirittura vecchi e malati.

E nel silenzio si abituavano al pensiero di morire.

Ma lui aveva la figa degli autogrill che gli ballava nella testa. Roba che non si accompagnava al silenzio. Voleva musica, grida, casino.

Il Sisto aprì la finestra con la speranza di far entrare qualche rumore dall'esterno, qualcosa che rompesse il silenzio dell'istituto.

Gli venne da sorridere quando, dopo un paio di minuti di attesa, percepì la voce fessa di un altoparlante, il grido di un venditore ambulante che declamava la bontà della sua merce.

Frutta e verdura!

E tra un annuncio e l'altro un po' di musica.

Canzoni.

Canzoni sul cui ritmo la figa degli autogrill non avrebbe mai ballato, roba vecchia, trenta, quaranta, forse addirittura cinquant'anni prima.

93.

Venticinque anni prima aveva avuto un figlio.
Prima di ammalarsi.
Prima di sentire la chiamata.
«La chiamata?» fece il Riversi.
«La vocazione», tradusse il prevosto.
«Ma come...» insisté il maresciallo.
«Allora lavoravo. Ero una semplice cameriera. Una serva, come ai miei padroni piaceva chiamarmi.»
I milanesi cugini del notaio Agliati presso cui il figlio era stato durante gli anni dell'università.
Erano anni difficili, disse la suora storta.
«Tempi difficili.»
Ma in qualche modo anche spensierati.
«Vivevo dentro una bolla di certezza, sentivo che la mia vita aveva un destino verso il quale stavo andando. Avevo la sensazione che il suo scopo si sarebbe rivelato improvvisamente un giorno, dovevo stare attenta, cogliere quel segno che mi avrebbe indicato la direzione da seguire.»
L'amore, disse la suora storta.
«Era il richiamo che seguivo.»
La convinzione che avrebbe realizzato quel sogno, quell'illusione quando si fosse dedicata a un'altra persona.
«E mi convinsi che fosse lui», affermò la suora storta.
Mentre la suora aveva cominciato a parlare il prevosto si era seduto sull'unica sedia presente nella stanza. Il Riversi si era appoggiato alla parete di lato all'armadietto.

A quell'uscita della suora se ne staccò e rivolse al sacerdote un'occhiata allusiva.

Storia vecchia, voleva significare.

La bella cameriera e il giovin signore!

I due si divertono per un po', poi succede il guaio, il giovin signore se ne lava le mani e lei è costretta ad arrangiarsi.

Ma quella era un'altra storia, lui aveva fatto quel viaggio per scoprire un'altra verità. Era un altro il motivo per cui era lì.

«Era quasi un anno da che ero lì, quando lo conobbi», riprese suor Teresa bloccando l'obiezione del maresciallo.

L'aveva visto allora per la prima volta.

Il Riversi rivolse nuovamente uno sguardo a don Cantoni, corrugò la fronte, scosse il capo.

«Cosa...» mormorò.

Fu il sacerdote con un gesto della mano a zittirlo.

«Ancora giovane, affascinante.»

E con un fondo di tristezza malcelata il cui motivo non faticò molto a scoprire.

«In quell'occasione si era fermato presso i cugini per una notte dopo aver accompagnato la moglie in ospedale per degli esami che confermarono la gravità della sua malattia.»

Era sempre gentile con lei. Non la trattava come una serva. Appena poteva scambiava quattro chiacchiere con lei. Una persona a modo.

La frequenza delle sue visite era andata aumentando piano piano. Aveva sempre una buona scusa per giustificare la sua presenza in quella casa: il lavoro, una visita per trovare il figlio i cui ritorni a casa per via dello studio erano sempre più rari. Anche la necessità di togliersi per qualche ora dall'oppressivo ambiente domestico e respirare un'aria diversa.

Una domenica era arrivato senza preavviso.

«I suoi cugini non c'erano, erano partiti il giorno prima per fare visita a certi amici sul lago d'Orta.»

In casa c'erano solo loro due.

Il figlio non aveva seguito i parenti inventando la scusa dello studio. In realtà aveva un appuntamento con una ragazza che aveva conosciuto da poco, una che lavorava in una latteria dove andava spesso a fare colazione.

«È l'altra ragazza della fotografia», rivelò la suora storta.

Erano rimasti soli.

Lui le aveva parlato a lungo di come viveva, di quello che pativa... poi le aveva confessato certe cose che non riusciva a smettere di pensare da quando l'aveva vista.

«Credetti che il traguardo, lo scopo della mia vita si fosse rivelato», disse la suora storta.

Nella stanza calò il silenzio. Solo in sottofondo si poteva percepire la musichetta diffusa dagli altoparlanti dell'ambulante.

Vecchie canzoni.

...tutta la mia vita sei tu...

Roba di trent'anni prima.

«Quindi...» riprese il Riversi.

«Fu un periodo di felicità illusoria.»

La migliore immagine di quella falsa felicità era quella foto.

«La facemmo una domenica pomeriggio.»

Aveva mezza giornata di libertà. Era già uscita più di una volta in compagnia dell'altra ragazza, quella della latteria. Allegra. Forse anche un po' troppo. Era imparentata con il padrone della latteria, che aveva cominciato a lasciarla uscire solo se c'era lei, perché forse aveva intuito il suo temperamento e non si fidava molto.

«Un altro dei miei errori di gioventù», disse la suora.

Fingere che sarebbero state in giro assieme per qualche ora, passeggiando e chiacchierando, mentre invece, dopo un po', il giovanotto le raggiungeva e la piantavano in asso.

«Quella domenica pomeriggio ci raggiunse anche lui», raccontò la suora.

Sulle prime si era quasi spaventata. Poi lui le disse di non temere, aveva informato il figlio della loro relazione, poteva stare tranquilla.

Da quel momento però aveva cominciato a vivere in una sorta di inquietudine che non l'aveva più abbandonata.

Era stato lui a scattare la fotografia.

«Quindi se ho ben capito...» fece il maresciallo.

Se aveva ben capito, la suora storta aveva avuto un figlio dal notaio Agliati!

Ma cosa c'entrava con la Vera Marzorati, la povera donna che era andata a morire sul tassì del Sisto quella domenica pomeriggio di fine aprile?

Loro, lui era lì per capire se ci fosse un altro figlio, figlio della ragazza che compariva con lei sulla foto.

«E solo lei, sorella, può dirci qualcosa», affermò il maresciallo.

La suora storta levò sui due ospiti lo sguardo. Era sereno nonostante il momento.

Un'inquietudine, riprese suor Teresa, che sempre di più le suggeriva di aver fatto un errore, di essersi fatta trascinare senza riflettere.

Un errore di cui stava per pagare le conseguenze.

«Voi dovreste conoscerlo quel figlio», disse.

«No», si affrettò a rispondere il Riversi anticipando il prevosto.

Ma la suora storta scosse il capo e sorrise lieve.

«Lo conoscete, ne sono certa.»

Nessuno si perde mai per davvero, nemmeno da morto, affermò.

L'aveva compreso dopo, una volta presi i voti.

Erano passati circa tre anni da quei fatti, da poco era entrata in convento, di quel figlio non sapeva più niente.

94.

Dal momento in cui aveva informato il notaio Agliati di essere incinta la situazione era mutata di colpo. Il notaio le aveva detto di stare calma e aspettare le sue istruzioni. Per un paio di settimane non si era fatto vivo. Nemmeno un breve biglietto per rincuorarla, salutarla, ricordarle che comunque c'era, come aveva fatto spesso fino a poco tempo prima contando sulla complicità del figlio che fungeva da postino.

Poi era arrivata la sua proposta.

«Mi disse che aveva già organizzato ogni cosa.»

Una proposta vergognosa, inaccettabile.

«Fu il momento in cui compresi l'errore che avevo fatto», disse la suora storta.

Un errore di valutazione che le aveva calato davanti agli occhi una specie di velo.

«Ebbene quel velo cadde, facendomi intuire altri panorami di gioia.»

Nel frattempo però aveva una creatura che stava crescendo dentro di lei. E il notaio alle calcagna, come un cane che continuava a morderla.

«Non riuscì a convincermi, piuttosto mi sarei uccisa.»

Fu costretto ad accettare il suo rifiuto.

Da quel momento in avanti però, le aveva detto l'Agliati, si doveva fare come diceva lui. Innanzitutto le impose di non dire niente a nessuno, l'avrebbe lasciata al suo destino sennò.

E per prima cosa informò i cugini del suo stato.

«Le proibì di dirlo e poi lo fece lui in persona?» chiese il prevosto.

«Non fu così», rispose la suora storta.

Aveva informato i cugini milanesi ma solo dopo essersi accordato col figlio.

«Col figlio?» chiese il Riversi.

«Sì.»

Affinché si attribuisse la paternità.

Eccolo il giovin signore e la bella cameriera!

Al Riversi scappò un sorrisetto amaro. Alla suora non sfuggì.

«Proprio», commentò, interpretandolo con esattezza.

Cosa c'era di più facile che imbastire una storia siffatta?

Bastava tirare in ballo la sventatezza della gioventù, l'incoscienza dell'uno e dell'altra...

Solo che uno dei due era figlio di notaio e lanciato verso una carriera di avvocato.

Poteva forse rovinarsi la vita sposando una camerierina sciocca e incauta?

La moglie del notaio stava vivendo i suoi ultimi mesi di vita, il figlio che lei aveva nella pancia i primi. L'Agliati aveva giocato sul tempo e fatto bene i suoi conti, preparato il terreno anche per il dopo.

«Rimasi nella casa dei cugini milanesi, reclusa, senza più fare niente fino a quando dovetti trasferirmi a villa Serena.»

La moglie del notaio era deceduta, la casa libera. La futura suora era passata da una reclusione all'altra.

Aveva partorito lì, in gran segreto, con l'aiuto di un medico che era stata cura dell'Agliati coinvolgere.

Era stato fortunato anche in quello il notaio, le doglie erano cominciate nel tardo pomeriggio, aveva partorito a notte fonda in una camera anche male illuminata come se davvero stesse nascendo un figlio di nessuno, una vergogna, un essere inutile che sarebbe stato meglio non vedesse mai la luce.

L'Agliati era in attesa fuori dalla camera.

«Io ne sentivo i passi, tenevo gli occhi chiusi e parlavo.»

Da settimane, mesi non parlava quasi più. Di fronte a quel medico, un estraneo, non l'aveva mai visto prima né sapeva come si chiamasse, aveva cominciato a parlare pur senza ottenere risposte. Alla fine era riuscita a convincerlo.

«Cedette alla mia richiesta.»

Nonostante l'ordine dell'Agliati fosse quello di far sparire subito il neonato, glielo lasciò per una manciata di minuti.

«Così lo vidi per la prima volta», disse la suora storta.

«E poi, quando lo rivide?» chiese il prevosto.

Suor Teresa chiuse gli occhi.

«Il giorno seguente...»

«Ma ha detto che glielo portarono via!» obiettò il Riversi.

Suor Teresa scosse la testa, non si era confusa.

Il giorno seguente il notaio Agliati era entrato nella camera dove lei riposava in preda a una rabbia che riusciva a contenere a stento.

Le aveva fatto domande circa la sua amica, quella che lavorava in latteria.

Quella che compariva sulla fotografia insieme con lei e suo figlio.

95.

Sapeva tutto.

Sin dall'inizio.

Le aveva confidato ogni cosa.

Era stato con lei che si era confessata prima ancora di dirlo al notaio.

«Mi aveva anche detto di stare sempre sull'avviso, di non fidarmi», disse la suora storta.

Guarda me!, le diceva. Ti sembro il tipo che possa credere a gente come quella? Quelli come l'avvocatino e il tuo notaio ci tengono in conto di giocattoli. Ma i giocattoli costano, a volte costano molto cari! Fatti furba e sta' in campana!

«Non le avevo dato retta, mi illudevo», disse la suora storta.

Quando le cose si erano messe male, quando lei era già chiusa nella silenziosa, disabitata villa sul lago in attesa del parto, la sua amica si era presentata in casa dei cugini e aveva detto loro di avvisare il notaio che aveva bisogno di parlargli.

«Era una povera ragazza», disse la suora storta.

Aveva la furbizia squallida di chi, anche se in giovane età, non nutre molte speranze nella vita.

Gli aveva chiesto soldi minacciando di rivelare ai suoi parenti quello che sapeva. Gli disse che aveva le prove della sua relazione.

«Ma cosa sa, di che diavolo di prove parla?» aveva urlato il notaio la mattina in cui aveva fatto irruzione nella sua camera.

Sapeva tutto, sin dall'inizio.

Oltre ad averle confidato il suo stato lei le aveva dato da conservare alcuni biglietti, compromettenti, che lui le aveva scritto. Erano poche righe che lui, nei tempi belli, illusori di quella storia squallida, le aveva fatto avere sempre grazie alla complicità del figlio. L'aveva sempre pregata di leggerli e poi distruggerli, cosa che invece lei non aveva mai fatto, dandoli invece alla sua amica per la paura che qualcuno in casa frugasse nei suoi cassetti e li trovasse.

«Quando gli dissi che Vera non mentiva, temetti che l'Agliati fosse deciso a commettere qualcosa di molto grave.»

In quei giorni il pensiero che quell'illusione d'amore che aveva nutrito dovesse prendere un'altra direzione per diventare realtà cominciava a crescere.

Quando l'Agliati, una volta verificato che lei si era rimessa dalle fatiche del parto, volle parlarle per decidere cosa fare, gli comunicò che aveva pensato di chiedere di entrare in un convento per riflettere a fondo su ciò che sentiva, consigliarsi con qualcuno, ascoltare le parole di una guida che l'aiutasse a capire se quella che avvertiva era una sincera vocazione.

«Gli promisi che non gli avrei dato il minimo disturbo, che di me non avrebbe mai più sentito parlare, a patto che mi dicesse che fine aveva fatto mio figlio.»

Le aveva risposto che l'aveva affidato a una famiglia che abitava dalle parti di Sondalo. Un vedovo con una figlia giovane, gente a cui facevano comodo i soldi che il notaio versava loro.

«Quando lo rivide allora?» chiese il prevosto.

Aveva specificato o no, poco prima, che l'aveva visto una prima volta appena partorito?

C'era stata anche una seconda?

Il Riversi intervenne troncando sul nascere la risposta della suora storta.

Insomma, capiva il dramma che la religiosa stava raccontando, capiva la fatica, il dolore...

Ma lui era lì per un'altra storia.

Toccava a lui saperne un po' di più.

«E la sua amica?» chiese.

«Non ne ho più saputo niente», rispose suor Teresa.

Sparita, scomparsa.

96.

Inghiottiti nel nulla dell'istituto, fu il pensiero del Sisto.

Era passata più di un'ora ormai. E quei due, prevosto e maresciallo, erano spariti per le scale e mai più tornati.

Ma che cazzo, avevano ricoverato anche loro in quel cimitero vivente?

Con la porta chiusa a chiave!

E chi diavolo poteva scappare da quell'anticamera di un obitorio?

Lui l'avrebbe fatto volentieri.

Ma c'era la porta chiusa e quel demonio di suora, bella come un cane, quella che li aveva fatti entrare.

Sparita pure lei.

L'aveva cercata, era salito anche al primo piano.

Niente.

A ogni rumore anche piccolo di porta che si apriva o chiudeva, a ogni colpetto di tosse che aveva udito e che sembrava venire da sottoterra o da dentro i muri, aveva cacciato la testa fuori dalla saletta per vedere se beccava qualcuno a cui chiedere. Niente da fare, nessuno.

Un mortorio.

In quel mortorio, anche il pensiero della figa che riempiva gli autogrill aveva perso forza e sostanza.

Anche lui, pian piano, sparito, scomparso.

97.

«Quando lo rividi aveva ormai sei anni», disse la suora storta.

Aveva preso i voti, prestava la sua opera presso l'ospedale Umberto I di Bellano. Aveva chiesto lei di seguire un corso di infermiera, sentiva di dover comunque stare in mezzo alla gente, in mezzo ai malati. La malattia che alla lunga l'avrebbe condotta lì stava cominciando a rivelarsi. L'aveva trascurata. L'aveva accettata come la giusta punizione per ciò che aveva fatto. Non ne aveva parlato con nessuno.

«Nemmeno al mio padre spirituale cui invece avevo detto ogni cosa.»

Era stato un caso.

Una mattina era salita all'orfanotrofio di San Rocco. Accompagnava un medico dell'ospedale che doveva vedere alcune piccole ospiti appena arrivate, forse anche vaccinarne alcune. Lei si era intrattenuta a parlare con la superiora dell'istituto.

«La conoscevo, era del mio stesso ordine», specificò suor Teresa.

Così era venuta a sapere che a giorni avrebbero avuto un nuovo ospite anche se in verità erano già al completo. Peraltro non aveva potuto dire no, il sindaco s'era tanto raccomandato a sua volta pressato da una persona, un gran benefattore, che non voleva comparire. Era un bambino che manteneva sin dalla nascita, figlio di una giovane squilibrata che viveva in montagna, dalle parti di

Sondalo, sola con il padre che era morto da poco precipitando in un canalone. La ragazza aveva perduto del tutto la ragione mettendo a rischio la salute e la vita stessa del bambino.

«Ecco, mi venne più di un sospetto al sentire le parole della superiora, una sorta di premonizione. C'erano troppi particolari che coincidevano col destino che aveva avuto il mio bambino.»

Qualche giorno dopo era salita di nuovo all'orfanotrofio insieme con il medico che periodicamente visitava gli ospiti.

«Quando me lo vidi davanti non ebbi dubbi.»

Aveva avuto anche il timore che il dottore oppure la superiora potessero notare certe sfumate somiglianze.

«Certo fu la suggestione a farmi temere un'evenienza del genere.»

Pure lei aveva sospettato che l'ansia di ritrovarlo le potesse giocare qualche scherzo.

«Ma non quel particolare.»

Non quello che a un certo punto il dottore aveva notato e che aveva fatto dire alla superiora: «È così dalla nascita mi hanno riferito».

98.

Il Sisto aveva sempre pensato che la mancanza del mignolo destro fosse un segno, un marchio, il conio del suo destino.

Figlio di enneenne.

Cresciuto un po' in montagna, quasi senza ricordi di quei primi anni: un vecchio silenzioso, una donna che non si pettinava, una scatola di biscotti vuota con il disegno di un veliero sul coperchio, l'odore di camino. Poi l'orfanotrofio. Però gli altri bambini segni particolari non ne avevano. Il Scatòn, che aveva subito notato quella mano priva di un dito e che l'aveva tranquillizzato dicendo che per fare il meccanico ci voleva più cervello che dita.

Ma la vergogna non era mai passata, la sensazione che la mancanza di quel dito fosse il segnale che gli mancavano tante altre cose continuava a tormentarlo e lui faceva di tutto per nascondere quella mano.

Cercava di evitare di stringere la mano a chiunque, ma non poteva esimersi quando era un altro che per primo gli allungava la sua.

Come quella suora, storta, in ospedale, quando era andato a trovare il Scatòn, quella che l'aveva fatto entrare anche se era fuori orario.

Cristo, l'aveva preso di sorpresa!

Chi immaginava che le suore dessero la mano per salutare, come un uomo o una donna qualunque.

Invece, prima di allontanarsi gli aveva allungato la mano e lui d'istinto aveva allungato la sua e l'aveva visto lo sguardo di quella, l'occhio clinico. Per forza, lavorava in ospedale, era il suo mestiere accorgersi dei difetti degli altri!, lo sguardo di quella che gli aveva beccato subito la mano. Era rimasta lì così un paio di secondi, gli occhi fissi sulla mano, prima di stringergliela, facendo finta di niente. Ma lui se n'era accorto, eccome.

Poi l'aveva tenuta nella sua più a lungo del normale, come se volesse farsi perdonare di essere stata un po' indiscreta.

99.

«Dal giorno in cui mi sembrò di riconoscerlo, su all'orfanotrofio, mi imposi di dimenticarlo.»

Era suor Teresa ormai, non era più una madre, sua madre!

Aveva pregato per lui tutti i giorni, che il Signore gli desse una vita felice e lo ripagasse per gli errori che gli altri avevano commesso e di cui lui pagava il prezzo.

«Speravo che alla fine potesse condividere il destino di tanti figli abbandonati, che trovasse una famiglia che se lo prendesse e gli desse la possibilità di vivere una vita serena.»

Alle preghiere la suora storta aveva affiancato un sacco di sacrifici, non era mai più uscita dai confini dell'ospedale, si sobbarcava turni di lavoro massacranti, sostituiva chiunque anche nelle incombenze più umili, continuava a trascurare la sua malattia.

«Ma la malattia non si dimenticava di me», sorrise suor Teresa.

Verso i primi anni Sessanta non aveva potuto fare a meno di obbedire agli ordini della madre superiora che le aveva imposto di farsi curare. Aveva passato vari periodi in un paio di istituti specializzati per la cura di quella specie di artrite che le stortava lo scheletro. Per qualche anno la malattia le aveva dato un lungo periodo di requie, sebbene fosse ormai storta al punto che quell'aggettivo aveva preso il posto del suo nome, e dietro sua richiesta le era stato concesso di tornare a svolgere la sua opera in ospedale.

«E una sera, tardi, l'orario di visite ai degenti era passato, lo rividi. Era venuto a trovare il meccanico presso cui lavorava.»

Un uomo che stava morendo lentamente.

«Quando mi venne incontro ebbi la percezione che fosse lui, per qualche istante temetti di svenire per l'emozione.»

Da quanti anni non lo vedeva?

«Fui contenta di essere così malmessa, così invecchiata dalla malattia... impossibile per chiunque riconoscermi, pensare che potessi essere la giovane che c'è su quella fotografia.»

Gli aveva ricamato una piccola predica sul fatto che gli orari di visita erano rigidi, il direttore sanitario non tollerava eccezioni.

«Dopo quel primo incontro all'ospedale lo incrociai altre volte e poi, una sera, venne a cercarmi. Era passato a far visita al suo amico meccanico, ma non lo aveva trovato, e così aveva pensato di chiedere a me. Ecco, in quel momento volli fare una prova... insomma, avere la certezza che fosse proprio lui, mio figlio.»

Aveva allungato la mano per salutarlo.

«Non era un gesto da suora.»

Il giovanotto era rimasto un po' perplesso poi però aveva allungato anche lui la destra, aveva stretto la sua, lei l'aveva trattenuta qualche secondo, in silenzio.

La suora storta tacque.

Maresciallo e prevosto si stavano guardando già da un po'.

La suora storta aveva raccontato la sua verità, adesso toccava a uno di loro due.

100.

Il prevosto teneva lo sguardo fisso sulla nuca del Sisto, il Riversi guardava dal finestrino verso la strada. Il silenzio dentro la macchina sembrava avere la stessa sostanza del caldo che afflosciava il paesaggio, come quello che d'improvviso avevano avvertito entrambi dentro la stanza della suora storta dopo che la religiosa aveva chiesto loro cosa avessero da guardarsi, perché stavano zitti, perché adesso che sapevano ciò che lei aveva tenuto segreto per anni non spiegavano il motivo per cui erano andati fino a lì.

«Non credo che siate venuti per conoscere una storia che non interessa nessuno», aveva detto.

Allora don Cantoni, sotto lo sguardo obbediente del maresciallo, aveva risposto: «Forse sì».

Poi tutto era successo di fretta, nel caldo e nel silenzio che aveva accompagnato i tre mentre erano scesi al pianterreno, lenti per stare al passo con la lentezza della suora storta, fino alla soglia della saletta d'attesa dentro la quale il Sisto, sfiancato dal caldo e dall'attesa, si era addormentato, le gambe allungate, la testa appoggiata al muro.

Prevosto e maresciallo s'erano fermati nel corridoio, chiedendosi cosa sarebbe successo.

Niente.

La suora storta aveva guardato il Sisto per nemmeno un minuto.

Cosa avesse pensato l'aveva tenuto per sé.

Poi s'era girata verso i due.

«Svegliatelo voi», aveva detto, e s'era avviata lungo il corridoio lustro di cera, camminando dentro il silenzio che sembrava uno spazio saturo di parole, senza più posto per niente.

101.

Il silenzio del prevosto, vabbe', stava pensando il Sisto.

Era un prete, meditava, forse leggeva il breviario.

Ma quello del maresciallo...

Zitto zitto anche lui, non controllava più le svolte, destra, sinistra, avanti dritto...

Ma, porcodue!, pensava il Sisto.

Nessuno parlava, nessuno gli chiedeva se aveva fame, sete...

Niente da fare, silenzio e caldo, e chi pagava?

Era questo ormai il pensiero fisso del Sisto.

Non più tutto quello che popolava gli autogrill, non più la strada, ormai aveva capito che doveva anticipare lo sguardo del Riversi e guardare i cartelli.

Chi cazzo pagava, piuttosto.

Chi avrebbe sganciato per quella giornata che stava filando verso il pieno pomeriggio?

Che prezzo aveva tutto quel tempo passato in sala d'attesa, a rompersi i coglioni?

102.

Lecco, Abbadia, Mandello del Lario, la Moto Guzzi.
Superato l'incrocio, il maresciallo Riversi disse le sue prime parole. Aveva buttato un occhio sul tachimetro.
«Adagio.»
Conosceva bene le abitudini dei colleghi di Mandello, sapeva che spesso si appostavano sul rettilineo che si allungava subito dopo il semaforo.
Sai che figura se avessero fermato proprio lui.
«Io o quello dietro?» rispose il Sisto.
L'aveva sentito, non ancora visto.
Ma il rumore era inconfondibile.
Certo, per un orecchio allenato, esperto, come il suo.
«Chi?» chiese il Riversi.
Il Sisto diede un'occhiata allo specchietto.
Lo vide.
Alfa GTV, smarmittata.
«Quello che sta arrivando.»
Arrivare, sorpassare, sparire alla vista fu questione di pochi attimi.
«Idiota», mormorò il Riversi.
Avesse saputo chi c'era alla guida sarebbe andato a prenderlo, ci avrebbe pensato lui a fargli passare la voglia di giocare alla Formula Uno.
«Se vuole...» disse il Sisto.
«Se voglio?» chiese il Riversi.
«Glielo posso dire io», concluse il Sisto.
Macchine come quelle non ce n'erano tante in giro, la

gente che se le poteva permettere si contava sulle dita di una mano. Motori che cantavano così erano unici, li sentivi una volta e non te li dimenticavi più. Potevi dire come, dove, quando e perché.

«Per esempio», spiegò il Sisto, «l'ultima volta che l'ho sentito...»

«Cosa c'è», fece il Riversi, «ti sei dimenticato?»

«No.»

Ma, ecco, parlandone adesso gli era venuto in mente che l'ultima volta che aveva sentito quella musica, quel motore, era stata la domenica di quella donna...

«Quella che ti è morta in macchina?» chiese il Riversi.

«Sì», confermò il Sisto.

«E allora?» insisté il Riversi.

Allora niente, ma gli era venuto in mente che poteva essere la stessa persona, tutto lì.

«La stessa persona? Ma chi?»

Chi li aveva sorpassati?

«Non l'ha riconosciuto?» fece il Sisto.

Con quella macchina che era quasi come una carta d'identità!

«Chi era?» insisté il Riversi.

«L'avvocato Agliati», rispose il Sisto, abbassando il tono e pentendosi subito di aver parlato visto che il maresciallo era ripiombato nel silenzio, lo sguardo di nuovo alla strada, alle sue curve.

103.

O la va o la spacca.

Tutto lì il consiglio che la notte gli aveva portato. E visto che più di tanto non poteva pretendere, il maresciallo Riversi decise di tentare. D'altronde non aveva altra strada per cercare di rivedere l'avvocato Agliati e fargli un paio di domande.

Quindi telefonò.

Verso metà mattina naturalmente, quando avrebbe potuto scommettere di non trovarlo in casa e sperare che a rispondere fosse ancora la Lesa Maestà della volta precedente.

Al «Pronto?» ammantato di interrogativa noia, comprese di aver centrato il primo obiettivo, all'altro capo del telefono c'era la principessa sul pisello.

«Sono il maresciallo Riversi, mi scusi se la disturbo nuovamente», disse, impeccabile, formale, come se anche le sue parole indossassero una divisa.

«Cerca forse, ancora...» partì la risposta della Lesa Maestà.

Il Riversi apprezzò sommamente quell'ancora, il tono con cui era stato pronunciato.

Condiscendenza pura.

Come poteva pretendere di trovare suo marito in casa a quell'ora?

«E già», fece il Riversi, alunno ignorante, irrecuperabile, quello che rallentava la classe intera.

Il fatto era che aveva solo bisogno di un'informazione,

chiedere una cosa... Gli pareva esagerato disturbarlo in studio per una sciocchezza del genere.

«Se vuole dire a me», fece la donna.

Il Riversi sorrise.

Lesa Maestà sì, ma scema quel tanto che bastava per abboccare.

«Credo che solo suo marito possa dirmi quello che vorrei sapere», rispose.

E poi, clic!, giù la cornetta, senza nemmeno salutare.

104.

Adesso lo notava anche lui.

Inconfondibile.

Alfa GTV, smarmittata.

Erano quasi le sei del pomeriggio e il maresciallo Riversi aveva trascorso la giornata sapendo una cosa e sperandone un'altra.

Per certo sapeva che il prevosto lo aspettava per parlare. Nessuno glielo aveva detto, lo sapeva e basta. E sperava che l'Agliati arrivasse, che la principessa stanca non dimenticasse di avvisarlo della sua incauta telefonata mattutina.

Quando, dalla finestra aperta del suo ufficio, udì entrare il rumore dell'Alfa GTV smarmittata, seppe di sapere due cose.

S'era tolto la cravatta l'avvocato. E aveva un'espressione tesa, forse l'angelo del suo focolare gli aveva fatto domande sulle quali aveva glissato.

Certo, rifletté il Riversi, il mestiere l'aiutava.

Vediamo, pensò quando comparve nel suo ufficio.

«Maresciallo.»

«Sì.»

«Mia moglie mi ha detto...»

«Sì.»

«Sinceramente non capisco...»

«Mi scuso per il disturbo.»

«Non è questione ma...»

«Si tratta di una sciocchezza.»

«E sarebbe?»

Il Riversi sorrise, come sottolineasse che si trattava veramente di una sciocchezza, di una cosa che adesso volentieri avrebbe evitato di fare.

«Be', era solo per sapere... domenica 26 aprile... nel primo pomeriggio, diciamo attorno alle tre, tre e mezza... ecco... per caso non era dalle parti del cimitero?»

«Io?» rispose l'Agliati, plateale, portandosi l'indice al petto.

«Sarebbe importante...»

«Maresciallo...»

L'Agliati allargò le braccia.

«...come vuole.»

Il Riversi lo interruppe.

«Immagino che magari possa non ricordare...»

«Appunto.»

«...nel qual caso mi chiedevo se magari la sua signora...»

«Cosa c'entra mia moglie?»

«Potrebbe aiutarla a ricordare...»

«Cosa dovrei ricordare?» chiese l'Agliati.

Duro.

Ma...

Il Riversi attese un istante.

L'Agliati non disse altro.

Allora il maresciallo parlò.

«Non vuole accomodarsi?»

105.

Fame, poca.

Più stanchezza.

E allora se era così stanco, perché non andava a riposare?

Erano le nove di sera, bel buio, e gli aveva preparato, con un gioco di finestre aperte per sfruttare il bellanasco che scendeva dalla montagna, una camera fresca al punto giusto.

Perché, perché... le aveva risposto il prevosto già un paio di volte senza concludere la frase.

Perché aspettava un maresciallo in maniche di camicia, comprese infine la perpetua, quando il Riversi suonò alla porta della canonica.

Anzi, con le maniche della camicia tirate su fin sopra i gomiti.

«C'è il signor prevosto?»

«Sì», rispose la perpetua.

Poi fece strada e sparì.

Aveva lasciato la porta dello studio aperta. Mica per sentire. Per la corrente.

Il Riversi, notandola, fece per andare a chiuderla.

«La lasci pure così», disse don Cantoni.

Subito dopo si sentirono i passi della perpetua dal piano di sopra, si preparava ad andare a letto.

«Adesso so un po' di cose», disse il Riversi accomodandosi su una sedia.

«Sì», fece il prevosto.

Ne era certo, per quello era rimasto in piedi nonostante la stanchezza: era sicuro che l'avrebbe rivisto.
Sull'Agliati, il vecchio, il notaio, aggiunse il Riversi.
E anche su Vera Marzorati, l'amica della suora storta.

106.

I primi tempi non c'era stato ricatto.

Quale ricatto?, aveva chiesto d'istinto il Riversi.

«Maresciallo, mi lasci dire», aveva risposto l'Agliati. «Meno domande mi fa, prima finiamo questa storia.»

Nessun ricatto.

Per quanto ne sapeva era stato suo padre che aveva deciso di pagare l'amica affinché non si mettesse in testa strane idee.

«Che peraltro non sarebbero state poi così strane, visto che sapeva ogni cosa.»

In ogni caso, per qualche tempo, i soldi a Vera li aveva portati lui. Una volta all'anno, una specie di gratifica che suo padre le mandava subito dopo le feste di Natale.

«Dell'altra sapevo solo quello che mio padre mi aveva detto.»

Cioè che le aveva trovato un posto di lavoro a Lugano e il bambino era stato adottato.

«Sono certo che per qualche tempo, qualche anno addirittura, mio padre non scucì più una lira.»

Un giorno, trovandosi a Milano per alcune pratiche, aveva pranzato a casa di quei cugini. Poi era uscito ed era passato davanti alla latteria dove Vera aveva lavorato. Era entrato, per curiosità, s'era fatto riconoscere, aveva chiesto notizie della ragazza e aveva saputo che s'era licenziata. Il proprietario, quel parente presso il quale la ragazza aveva lavorato durante i suoi anni universitari, non si era sbottonato più di tanto. Abbastanza però per fargli intendere che aveva imboccato una strada mica tanto promettente e che lui non voleva saperne più niente.

«Non capii se fosse per l'uomo che se l'era presa, marito o quello che era o per altro, comunque...»

Fatto sta che in quel periodo suo padre ricominciò a mandare soldi.

«Me lo disse», aveva affermato l'Agliati.

Non chiarì mai se Vera lo ricattava.

Anzi.

«Mi disse che aveva avuto notizie di una situazione disgraziata... una malattia, un matrimonio andato all'aria, un figlio o una figlia...»

Notizie sempre un po' vaghe.

«Non parlò mai di ricatto?» aveva interloquito il Riversi.

«No. Né mi parlò più di questa storia, non mi chiese più niente, né io ne chiesi a lui.»

Cominciava ad avviare una promettente carriera di avvocato, s'era fidanzato, aveva in programma di sposarsi, era uscito di casa in tutto e per tutto.

«Insomma, fino a quando Vera mi telefonò, a quella storia non pensavo più. Solo allora fui certo che mio padre era stato ricattato per lunghi anni.»

107.

Alla telefonata aveva risposto la Lesa Maestà.

Un filtro attraverso cui passavano solo amiche o amici di famiglia e parenti.

Ma Vera aveva insistito minacciando di continuare a chiamare sino a che non le avesse passato l'avvocato Agliati.

Una folle.

Sicuramente folle, visto che tra le altre cose erano anche le dieci di sera, marito e moglie si erano appena coricati.

Per farla breve, glielo aveva passato.

L'Agliati aveva ascoltato per un po'. Poi aveva fatto un cenno alla moglie, s'era alzato e aveva passato la telefonata nello studio che aveva allestito in casa.

«Mia moglie non sapeva niente di quella faccenda», aveva detto l'avvocato, «e deve continuare a non saperne niente.»

Al telefono gli aveva detto di avere appena scoperto della morte del padre, grazie al giornale che riceveva tutti i giorni.

Le dispiaceva.

Ma non era disposta a mettere una pietra sopra a quei fatti lontani. Gli aveva detto che la vita non era stata gentile con lei, gli aveva parlato di un uomo che l'aveva illusa, maltrattata e lasciata con una figlia di tre anni, nata già ammalata per colpa sua e di quel porco che le aveva attaccato una malattia schifosa. Poi era andata al sodo.

Gli aveva proposto di vendergli i biglietti d'amore, rigorosamente anonimi, che suo padre aveva scritto alla sua amica. Possedeva anche qualche fotografia dei due assieme, abbracciati.

Gli aveva chiesto un appuntamento.

Lui aveva acconsentito.

«Cosa potevo fare?»

Si erano accordati per la domenica successiva, alle tre e mezza, al cimitero, presso la tomba del genitore.

«E lei c'è andato», aveva affermato il Riversi.

«Come fa a dirlo?» aveva chiesto l'Agliati.

Questione di orecchio.

«Il rombo della sua macchina», aveva risposto il maresciallo.

«Il rombo...?» aveva ribattuto l'Agliati.

«Vuole negarlo?»

L'avvocato aveva sospirato.

«Ci sono andato», aveva ammesso.

Quand'era arrivato sul piazzale del cimitero, quello superiore, c'era solo una macchina parcheggiata, il Millenove del tizio che fa il servizio pubblico.

Non c'era dentro nessuno tranne una donna, seduta dietro, il capo reclinato. Riconobbe Vera nonostante gli anni trascorsi.

L'aveva chiamata senza ottenere risposta e subito dopo s'era reso conto che era morta.

«Cosa potevo fare?» aveva chiesto l'Agliati.

Aveva sentito passi, voci di gente che si stava avvicinando. Era salito sulla sua macchina ed era ripartito di gran carriera.

108.

La dirlindana cominciò a suonare, rumore di molle dal soffitto. La perpetua stentava a prendere sonno.

«È tutto?» chiese il prevosto.

Il Riversi incassò la testa.

«Se la versione dell'Agliati è vera, sì.»

«Qualche dubbio?»

«Sempre», fece il maresciallo.

Per deformazione professionale.

«Anche se vago.»

Nelle tasche del cappotto della donna non c'erano bigliettini d'amore né fotografie. Neanche nella borsetta recuperata dal capostazione.

«Questo può significare che l'avvocato se l'è inventata oppure che ha frugato nelle tasche e se li è presi o anche che la donna aveva lanciato quell'amo e aveva intenzione di proseguire a mungere. Chi lo sa?» spiegò il maresciallo.

Per saperne di più sarebbe stato utile capire chi fosse quella tal figlia, la probabile beneficiaria dei prelievi che la morta faceva. Ma non era competenza di nessuno indagare senza reati, senza denunce. Senza niente cui attaccarsi. Secondo il direttore della filiale del banco di Desio, quel conto sarebbe andato a finire nel bilancio della banca se nessuno si fosse fatto vivo, dimostrando di essere erede.

«Mi farà sapere se ci saranno novità», disse poi lasciandosi sfuggire un mezzo sorriso.

Sì, perché, in mezzo a tutto, c'era anche di che ridere un po'.

«Ah sì?» chiese il prevosto.

«Ma certo», assicurò il Riversi.

Nonostante la storia fosse... come dire, squallida!, alla fine del colloquio, la maggior preoccupazione dell'Agliati era come giustificare alla moglie la sua venuta in caserma.

«Le dica che l'ho voluta avvisare di non correre troppo con quel suo bolide e soprattutto di non sorpassare quando c'è la striscia continua.»

«Vale a dire?» chiese il sacerdote.

«Esattamente quello che ho detto», chiuse il Riversi.

«È tutto?» fece ancora don Cantoni.

C'era ancora il Sisto.

«Già», ammise il Riversi.

Poche ore prima il giovanotto aveva incontrato di nuovo, e di nuovo senza saperlo, la donna che l'aveva messo al mondo.

Bisognava dirglielo finalmente?

Era giusto che lo sapesse?

«Cosa c'è di giusto a questo mondo?» predicò il prevosto.

«Per esempio», rispose molto pragmatico il maresciallo, «sarebbe giusto pagargli il costo del servizio fatto. Per parte mia dovrei pagargliene anche un altro. Rimedierò senz'altro. Ma intanto, per questo... A meno che non gli si dica che è stato per mostrargli la sua vera madre, nel qual caso diventerebbe una sorta di visita familiare, non certo un viaggio di lavoro.»

La dirlindana zitta, le molle del letto della perpetua mute.

Il prevosto giunse le mani sotto il mento.

«Facciamo metà per uno. D'accordo?» propose.

«Assolutamente», rispose il Riversi.

Un mese dopo partirono.
«Era ora», disse il Saila salendo sul Millenove.
«La strada?» chiese il Manina.
Libero come l'aria. Gli avevano abbuonato un mese di galera.
Quando agli altri due era arrivata alle orecchie la notizia, avevano entrambi deciso di aspettarlo per vivere assieme l'avventura. Il Saila perché col Manina al fianco, che era un bel ganassa, si sentiva più sicuro. Il Sisto giusto per rinviare quella partenza nella speranza che poi il progetto svanisse.
Sì, col cazzo!
Colpa sua.
Avrebbe dovuto stare zitto.
Invece quando aveva incontrato il Saila, pochi giorni dopo aver accompagnato prevosto e maresciallo in quel posto di morti in piedi, s'era lasciato prendere la mano dalla fantasia.
Gli autogrill, aveva detto, vedessi!
Pieni così di figa!
«Ma li hai visti?» aveva chiesto il Saila già con l'acquolina in bocca.
Come no?
Mica parlava così, tanto per dire!
Si era fermato e ne aveva fatto una pelle di occhi!
«Dai che ci andiamo!» aveva proposto il Saila.
«Sì, prima o poi ci andiamo», aveva promesso lui.

Ma prima che poi, aveva insistito il Saila.
Un tormento!
Quand'è che andiamo?
Cosa aspettiamo e via di seguito.
Subito dopo aver parlato col Saila il Sisto si era pentito di aver dato aria alla lingua. Il ricordo del Scatòn, della volta in cui l'aveva quasi preso per il collo ordinandogli di stare alla larga da quei due gli era tornato alla memoria fresco come se il fatto fosse accaduto il giorno prima.
Poi era arrivata la notizia del Manina. Sarebbe stato brutto andare senza lui.
«D'accordo», aveva acconsentito il Saila.
Un mese.
Era volato in fretta.
Quando il Manina era stato informato dell'idea s'era scaldato. Lo sapeva anche lui che gli autogrill erano pieni di figa, lo sapeva per certo anche se non li aveva mai visti.
«Andiamo, no?»
Al Manina era difficile resistere, il Saila aveva ritrovato nuove energie.
«Cazzo, ne faremo di belle con una bestia del genere sotto al culo», aveva detto il Manina la mattina della partenza, picchiando una manata sul cofano del Millenove.
Il Sisto aveva fatto finta di non sentire.
Aveva giurato a sé stesso che quella sarebbe stata l'ultima volta che si aggregava a quei due deficienti.
L'aveva giurato come se avesse avuto davanti dei testimoni, sia morti sia vivi.
Il Scatòn, il maresciallo, il prevosto, le suore dell'orfanatrofio.
Quella donna che gli era morta sul tassì.
E magari anche suo padre.
Ma soprattutto sua madre, perché anche se non sapeva

che faccia avesse, qualcuno l'aveva pur sempre portato in grembo per nove mesi e poi lo aveva messo al mondo.

Morire piuttosto che non mantenere il giuramento!

«La strada?» chiese il Manina una volta pronti a partire.

«Non c'è problema», rispose il Sisto, la sapeva a memoria.

D'altronde, era o non era un tassista?

Andrea Vitali

OLIVE COMPRESE

Quattro ragazzi di paese, una banda di «imbecilli», stanno mettendo a soqquadro l'intera Bellano. Naturalmente finiscono subito nel mirino del maresciallo Ernesto Maccadò, che avverte le famiglie gettandole nel panico. A far da controcanto, la sorella di uno di loro: la piccola, pallida, tenera Filzina, segretaria perfetta che nel tempo libero si dedica alle opere di carità: ma anche lei, come altre eroine di Vitali, finirà per stupirci. Tutto intorno si muove come un coro l'intera cittadina: il prevosto e i carabinieri, il podestà e la sua stranita consorte, la filanda con i suoi dirigenti e gli operai. E la Luigina Piovati, meglio nota come l'Uselànda (ovvero l'ornitologa...); Eufrasia Sofistrà, in grado di leggere il destino suo e quello degli altri; e una vecchina svanita come una nuvoletta, che suona al pianoforte l'*Internazionale* mentre il Duce conquista il suo Impero africano...

Dal catalogo
Garzanti

Andrea Vitali

ALMENO IL CAPPELLO

Ad accogliere i viaggiatori che d'estate sbarcano sul molo di Bellano dal traghetto *Savoia*, c'è solo la scalcagnata fanfara guidata dal maestro Zaccaria Vergottini, prima cornetta e direttore. Un organico di otto elementi che fa sfigurare l'intero paese, anche se nel gruppetto svetta il virtuoso del bombardino, Lindo Nasazzi, fresco vedovo alle prese con la giovane e robusta seconda moglie Noemi.
Per dare alla città una banda come si deve ci vuole un uomo di polso, un visionario che sappia però districarsi nelle trame e nelle inerzie della politica e della burocrazia.
Un insieme di imprevedibili circostanze può forse portare verso Bellano il ragionier Onorato Geminazzi, che vive sull'altra sponda del lago, a Menaggio, e con lui la speranza di fondare finalmente il Corpo Musicale Bellanese.

Andrea Vitali

GALEOTTO FU IL COLLIER

Lidio Cerevelli è figlio unico di madre vedova.
Un bravo ragazzo, finché alla festa organizzata
al Circolo della Vela non arriva Helga: bella, disinibita
e abbastanza ubriaca. Prima che finisca la cena,
sono in riva al lago: una notte indimenticabile.
Lirica, la severa madre di Lidio, abile e ricca
imprenditrice dell'edilizia, ha vedute molto diverse.
Suo figlio deve trovare una moglie «made in Italy»,
una ragazza come si deve. Ma forse Lidio ha trovato
il modo per uscire dalla trappola e realizzare tutti
i suoi sogni: durante un sopralluogo per un lavoro
di ristrutturazione, in un muro maestro scova
un gruzzolo di monete d'oro,
nascosto chissà da chi e chissà quando.
Sono l'assicurazione per un futuro radioso
o l'inizio di un mare di guai?

Andrea Vitali

UN BEL SOGNO D'AMORE

Bellano, febbraio 1973: gira voce che presso il cinema della Casa del Popolo verrà proiettato *Ultimo tango a Parigi*. In paese si scatena una guerra senza frontiere tra gli impazienti che fantasticano sulle vertiginose scene di nudo che ci si aspetta di vedere sullo schermo e coloro che pretendono di evitare una simile depravazione, e snocciolano rosari a raffica. I tempi però sono cambiati e nulla può fermare il «progresso», né intralciare gli affari di Idolo Geppi, gestore del cinema, che ha già provveduto a maggiorare i prezzi dei biglietti. Anche Adelaide, giovane e volitiva operaia del cotonificio, vuole approfittare dell'occasione. Mette con le spalle al muro Alfredo, il fidanzato eternamente indeciso: o la porterà al cinema o lei ci andrà lo stesso, magari con Ernesto, che le ha già messo gli occhi addosso e che a lei non dispiace neanche un po', per quanto sia una testa matta e finirà presto per mettersi nei guai.

Andrea Vitali

QUATTRO SBERLE BENEDETTE

In quel fine ottobre del 1929, a Bellano non succede nulla di che. Ma se potessero, tra le contrade volerebbero sberle, eccome. Se le sventolerebbero a vicenda il brigadiere Efisio Mannu, sardo, e l'appuntato Misfatti, siciliano, che non si possono sopportare e studiano notte e giorno il modo di rovinarsi la vita l'un l'altro. E forse c'è chi, pur col dovuto rispetto, ne mollerebbe almeno una al giovane don Sisto Secchia, il malmostoso coadiutore del parroco arrivato in paese l'anno prima e che sembra un pesce di mare aperto costretto a boccheggiare nell'acqua chiusa e insipida del lago. E poi ci sono sberle più metaforiche, ma non meno sonore, che arrivano in caserma nero su bianco. Sono quelle che qualcuno ha deciso di mettere in rima e spedire in forma anonima ai carabinieri, forse per spingerli a indagare sul fatto che a frequentare ragazze di facili costumi, in quel di Lecco, è persona che a rigore non dovrebbe. D'accordo, ma quale sarebbe il reato? E chi è l'anonimo autore delle missive? Ma, soprattutto, con chi ce l'ha?

Dal catalogo
Garzanti

Andrea Vitali

BIGLIETTO, SIGNORINA

Alla stazione ferroviaria di Varenna c'è trambusto. È stata beccata una passeggera senza biglietto. E senza un quattrino per pagare la multa. Ma non parla bene l'italiano, e capire cosa vuole è un bel busillis. Ora il capostazione si trova lì, nel suo ufficetto, con davanti Marta Bisovich. Bella, scura di carnagione, capelli corvini, dentatura perfetta, origini forse triestine, esotica e selvatica da togliere il fiato. Siamo nel giugno del 1949, e sul lago di Como, in quel di Bellano, tira un'aria effervescente di novità. Ci sono in ballo le elezioni del nuovo sindaco, e le varie fazioni si stanno organizzando per la sfida nelle urne. Su tutte, la Dc, fresca dei clamorosi successi alle politiche del '48, attraversata ora da lotte intestine orchestrate dall'attuale vicesindaco Amedeo Torelli, che aspira alla massima carica. La bella e conturbante Marta, invece, ha altre aspirazioni. Le basterebbe trovare un posto dove vivere, e questo è il motivo per cui ha deciso di puntare le sue ultime chance sulla ruota di Bellano, dove certe conoscenze non sono nelle condizioni di negarle un aiuto.

Andrea Vitali e Massimo Picozzi

LA RUGA DEL CRETINO

Birce è nata storta. Ha una macchia sulla guancia sinistra e ogni tanto si perde via e dice e fa cose strane. Chi la vuole una così? È l'agosto del 1893 e per lei forse è arrivata l'occasione giusta. Perché una devota, Giuditta Carvasana, è intenzionata a fare del bene, per esempio aiutare una giovane senza futuro. Per Birce non sarebbe cosa da poco, perché la vita non pare riservarle un destino felice. Come a quella povera fioraia di Torino massacrata per strada. Che, a dire il vero, non è la prima vittima. I corpi sono a disposizione della sala anatomica dell'università torinese, dove il dottor Ottolenghi, assistente del noto alienista Cesare Lombroso, li analizza, convinto che dalla medicina possa venire un aiuto alle indagini. Dalle tasche delle sventurate salta fuori un biglietto con segni matematici. Indicano un collegamento tra quelle morti? E nel mirino dell'omicida può essere finito lo stesso Lombroso, che già aveva ricevuto un analogo foglietto anonimo? Trovare la soluzione non è cosa per cui possa bastare il rigore della scienza. Forse, fantastica il Lombroso, lo spiritismo potrebbe dare un contributo.

Andrea Vitali

LE BELLE CECE

Maggio 1936. Con la fine della guerra d'Etiopia nasce l'impero fascista. E Fulvio Semola, segretario bellanese del Partito, non ha intenzione di lasciarsi scappare l'occasione per celebrare degnamente l'evento: un concerto di campane che coinvolge tutti i campanili di chiese e chiesette del comune. Ma l'euforia bellica e l'orgoglio imperiale si stemperano presto in questioni ben più urgenti per le sorti del suo mandato politico. In casa del potente e temutissimo ispettore di produzione del cotonificio locale, Eudilio Malversati, si sta consumando una tragedia. Dopo un'aggressione notturna ai danni dell'ispettore medesimo, spariscono in modo del tutto incomprensibile alcune paia di mutande della signora. Uno è già stato rinvenuto nella tasca della giacca del Malversati. Domanda: chi ce l'ha messo? E perché? Il problema vero, però, è dove potrebbero saltar fuori le altre mettendo in ridicolo i Malversati? Non essendo il caso di coinvolgere i carabinieri, il Semola viene incaricato di risolvere l'enigma. Ma alla svelta, o le campane, questa volta, le suonerà il Malversati, con le sue mani, e saranno rintocchi poco allegri per la carriera del segretario.

Finito di stampare nel mese di ottobre 2015
da Grafica Veneta s.p.a., Trebaseleghe (PD)